Pochades galantes et littéraires

ENTRE

# Chien

# Loup

DESSIN DE HASTOULT (1865)

BRUXELLES

KISTEMAECKERS, éditeur

# Le Parnasse Satyrique

LE **GIL BLAS** DU MERCREDI 14 SEPTEMBRE 1881, PUBLIE UN ARTICLE DONT NOUS REPRODUISONS ICI LES PRINCIPAUX PASSAGES :

*Sous le manteau...* tel est le seul nom d'éditeur que porte la couverture d'un ouvrage curieux, qui vient de m'arriver de Belgique. C'est une édition fort luxueuse et fort soignée et contenant un grand nombre de pièces nouvelles du fameux *Parnasse satyrique* de Poulet-Malassis. Comme son confrère de Bruxelles, Poulet-Malassis avait dû garder l'incognito ; son livre porta successivement pour rubrique :

*Rome, à l'enseigne des sept péchés capitaux,*

puis :

*Eleutheropolis.*

Il paraît que nos lois défendent le colportage de ces sortes d'ouvrages. On sait que c'est le seul moyen d'en assurer la vente.

Le ciel me préserve de plaider ici pour les livres grivois, souvent obscènes, qui se colportent « sous le manteau » ! La plupart ne procurent à l'acheteur qu'une déception profonde : si c'est un écrivain, il est écœuré par la stupidité de l'œuvre ; si c'est un simple libertin, il n'apprend rien de nouveau.

Mais le *Parnasse satyrique* mérite une indulgence spéciale. C'est un recueil de vers légers ou mordants, qu'un ami, ou plus souvent un ennemi indiscret, a glanés chez la plupart de nos auteurs contemporains. Nombre de ces péchés de jeunesse étaient même complètement inédits, et ceux qui les avaient commis les espéraient à tout jamais oubliés.

L'épithète de *satyrique*, dans quelque sens qu'on veuille l'entendre, convient admirablement à ce recueil, où l'épigramme sanglante alterne avec le couplet licencieux.

Tous ou presque tous sont plus ou moins compromis dans ce *Parnasse*, et j'avoue que ce n'est pas sans gaieté que j'ai vu décolletés, si j'ose m'exprimer ainsi (déshabillés serait plus exact), quelques-unes des plus graves écrivains de ce siècle.

Je passe rapidement sur les chansons de Béranger, reproduites en tête du *Parnasse*. Il ne faut pas être grand érudit pour connaître *les Culottes, les Deux Sœurs, l'Accouchement,* etc.

Pour parler d'abord des défunts, Jules Janin et Louis Reybaud figurent dans le livre, l'un et l'autre avec des vers grossiers sur George Sand. Je ne leur en fais pas mon compliment.

Nul ne s'étonnera de rencontrer, à côté de l'horrible *Pierreuse*, d'Henri Monnier, le nom d'Alfred de Musset. Mais où l'étonnement commence, c'est lorsqu'on lit les deux pièces qui composent, dans le *Parnasse satyrique*, tout le bagage *léger* de l'auteur de *Deux Nuits d'Excès.* Je pourrais les reproduire sans froisser la plus élémentaire pudeur.

Quant à Lamartine, on nous donne comme étant de lui, une épigramme contre *Gustave Nadaud,* signée : « Alphonse Coquenard. » J'ai peine à le croire, non pas tant peut-être parce que le chantre des *Méditations* à désavoué cette paternité, que parce que je me figure difficilement l'amant d'Elvire s'amusant à cribler de flèches l'auteur des *Deux Gendarmes.*

Mais suis-je le jouet d'une illusion ? J'aperçois dans le *Parnasse satyrique* le nom de M. Scribe ! *Tu quoque !* Ah ! je respire. Voici le seul quatrain grivois qu'on ait pu découvrir dans les papiers secrets du grand Eugène :

### A MON PARAPLUIE

(C'est bien une idée de M. Scribe que d'adresser des vers à son parapluie.)

> Ami commode, ami nouveau,
> Qui, contrairement à l'usage,
> Te montres dans les jours d'orage,
> Et te caches quand il fait beau.

C'est tout ? Mon Dieu, oui. Je ne sais si les esprits pervers découvriront dans ce fragment un sens obscène, mais j'avoue naïvement que j'en permettrais la lecture à ma fille.

Je rencontre heureusement, en tournant quelques pages, six pièces bien connues de Baudelaire, qui sont de puissants chefs-d'œuvre. Ces six pièces ont été condamnées en 1857 *pour offense à la morale publique et aux bonnes mœurs.* Qu'il me soit permis de sourire.

Il est vrai qu'il s'en est fallu de peu que la magistrature que l'Europe nous envie ne condamnât *Madame Bovary.*

Ces six pièces sont intitulées les *Métamorphoses du Vampire, Femmes damnées, Lesbos,* les *Bijoux,* le *Léthé* et *A celle qui est trop gaie :*

> Ta tête, ton geste, ton air
> Sont beaux comme un beau paysage ;
> Le rire joue en ton visage
> Comme un vent frais dans un ciel clair.

> Le passant chagrin que tu frôles
> Est ébloui par la santé
> Qui jaillit comme une clarté
> De tes bras et de tes épaules .

ENTRE

# Chien & Loup

~~~~~~~~

TIRAGE  A

*500 exempl. sur papier de Hollande fin.*
*10    „    sur chine.*
*10    „    sur japon.*

~~~~~~~~

Raretés galantes et littéraires.

ENTRE

# Chien

ET

# Loup

SUR L'IMPRIMÉ DE HAMBOURG (1809)

A BRUXELLES

*chez* Henry KISTEMAECKERS, *éditeur*

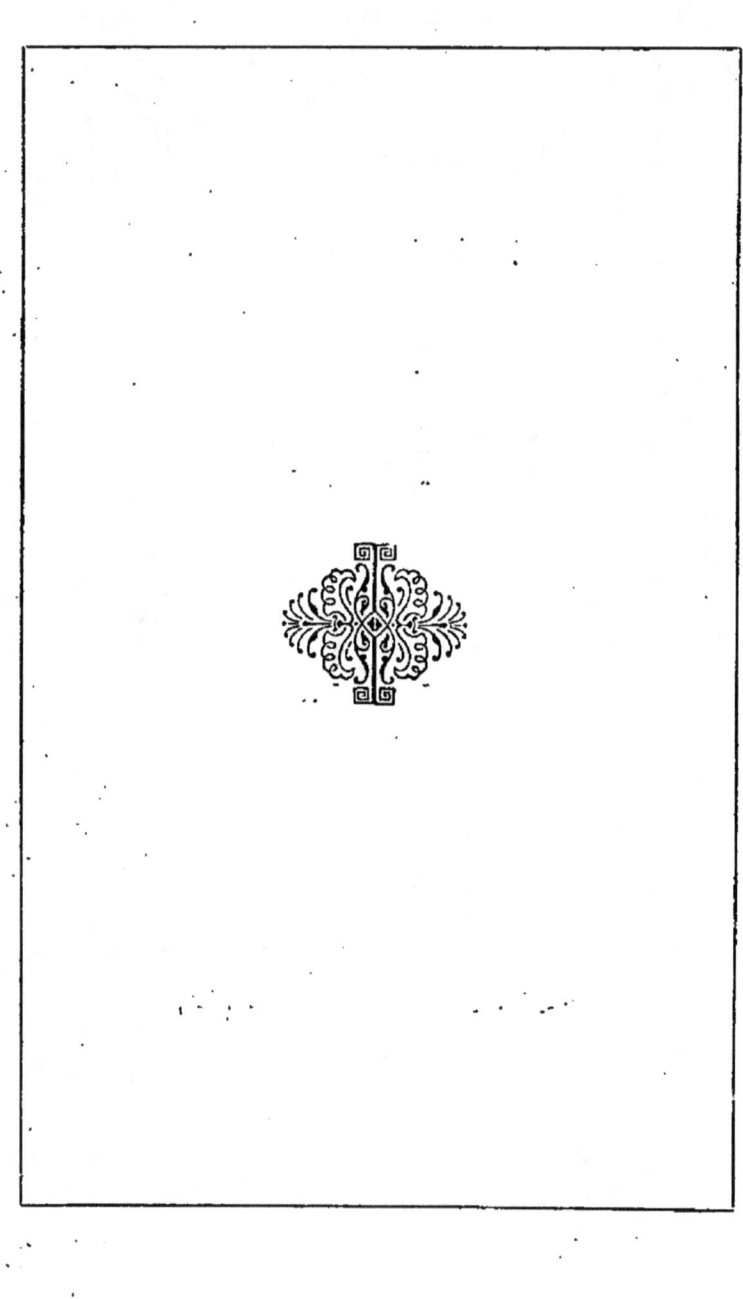

## Notice Bibliographique.

~~~~~~~~~~~~

Ⅱ L y a peu d'écrivains de la fin du dernier siècle dont les écrits soient si difficiles à rencontrer que ceux de Madame de Choiseul-Meuse. Son *Entre Chien et Loup* fut sans doute bien accueilli par ses contemporains, puisque lors de son apparition, en plein milieu d'une époque de troubles et d'inquiétudes politiques,

il s'en écoula simultanément trois éditions
(Paris 1808, 1809 ; Hambourg 1809). C'est
sur la dernière de ces trois éditions que
nous faisons la présente réimpression, parce
qu'elle est la plus complète et semble
avoir été revue et quelque peu remaniée
par la main de l'auteur. On y rencontre
en effet quelques légères additions qui ne
se trouvent pas imprimées dans les éditions
de Paris, ce qui permet de supposer, que
c'est à cause de ces modifications, que les
exemplaires de l'édition de Hambourg  se
cotent toujours beaucoup plus cher dans
les ventes que leurs aînés de Paris.

L'édition qui nous occupe porte pour
titre : *Entre Chien et Loup, par Madame***.
C'est à tort qu'on a imprimé dans les
recueils de bibliographie ce roman comme
étant écrit par l'auteur de : *Julie, ou j'ai
sauvé ma rose.* Ce dernier ouvrage (réim-
primé à Paris en 1821, et condamné le 5
août 1828), a pour auteur Madame Guyot.
L'édition originale parut en 1807, et c'est
sans doute à cette circonstance qu'on doit
la confusion qui , une année plus tard, l'attri-

bua faussement à l'écrivain anonyme de *Entre Chien et Loup*. Du reste, les deux ouvrages sont écrits dans le même style agréable, guilleret et presque libre, avec cette légère différence pourtant, que dans *Julie* on trouve, principalement vers la fin du roman, quelques expressions et images assez grossières qu'on chercherait en vain dans *Entre Chien et Loup*, sans contredit supérieur comme finesse et comme art littéraire.

Aujourd'hui, à part quelques rares collectionneurs privilégiés, ce volume manque dans toutes les bibliothèques; car les exemplaires des premières éditions ont tous disparu de la circulation sans qu'on sache au juste d'où provient cette rareté d'un livre qui date à peine de trois quarts de siècle. Nous avons donc cru servir les intérêts de nos clients bibliophiles en le réimprimant textuellement, et quoique nous sommes loin de leur présenter *Entre Chien et Loup* comme une œuvre de haut mérite littéraire, elle n'est pas moins digne d'être lue avec intérêt, car on y rencontre plus d'originalité que dans beaucoup d'écrits analogues de la fin du dix-huitième siècle. On y trouve des traits de mœurs, des histoires galantes finement tournées et fort amusantes, et les tableaux qu'elle offre de la *bonne* société d'alors ne sont pas précisément faits pour la flatter, sans pourtant que celle de notre époque puisse y trouver matière à alarmer ses pudiques susceptibilités : tant il est vrai que les temps changent mais que les hommes restent les mêmes... Le lecteur en jugera.

# ENTRE CHIEN & LOUP

QUE j'aimais les châteaux d'autrefois ! Et autrefois, qui est-ce qui n'en avait pas ! Une modeste maison couverte en tuiles, flanquée de deux tourelles, une cour, une petite ferme, un potager, un bouquet de bois, tout cela à cent pas du village dont on était seigneur, et cela s'appelait un château.

On y vivait avec union et simplicité, on ne valait pas mieux qu'à présent, mais on était moins difficile en plaisirs et dans presque toutes les saisons de l'année le voisinage en procurait beaucoup. Le

souper qu'on sonnait à huit heures, laissait tout le
temps de parcourir les bosquets, et si l'automne
dérangeait les promenades, les petits jeux, les histoires venaient encore abréger les soirées : on restait sans lumière, et cela s'appelait : *Entre Chien
et Loup*. Et qui ne sait pas combien cette heure
est favorable à la confiance et aux amours; les
mamans les plus sévères, s'oubliant un peu,
racontaient sans rougir de petits événements de
leur jeunesse, qu'elles n'eussent point avoués en
plein midi, les jeunes gens se pressaient doucement la main, ou se glissaient un billet doux; les
hommes chantaient plus librement quelque chanson grivoise; on jouait de petits jeux et l'on donnait des gages; une demoiselle bien modeste les
contenait dans son grand tablier noir; un jeune
homme chargé d'imposer la pénitence, allait tou-
cher le gage : ne touchait-il que cela? J'en doute
fort.... mais il ne fait pas clair et ne révélons pas
ce que *Chien et Loup* ont si bien caché.

Monsieur de Marsan était bien le meilleur et le
plus jovial seigneur du Verdunois; son joli petit
château était sur les bords de la Moselle; les belles
pelouses, les belles forêts du pays, sans faire partie
de son habitation; la rendaient délicieuse; point de
luxe, point de privation, une bonne table, les plaisirs de la chasse et de la pêche, de jolies cousines
dans les environs, un curé tolérant, aimant beaucoup le vin de champagne et sa ménagère, laissant
danser les filles et n'empêchant pas les amoureux

par la seule raison que cela ne se pouvait pas.

C'est dans cet aimable lieu que j'ai passé deux étés il y a quinze ans Je m'en souviens avec plaisir, ainsi que de la bonne Madame de Marsan, très légitime épouse du seigneur de Condorcy. Elle avait passé sa jeunesse à Paris, qu'elle habitait au moment de son mariage.

Monsieur de Marsan, brave militaire, après avoir fait plusieurs campagnes, des folies et des dettes, avait vu dans un bal Mademoiselle de Rostin; séduit par sa figure et ses grâces, il avait fait des propositions, que sa fortune avait fait accueillir; malgré la condition un peu sévère d'habiter la province, il y vivait heureux, mais un malin soupçon lui restait dans l'esprit. Vous allez deviner ce que c'était.

— J'ordonne au gage touché, dit un soir Monsieur de Marsan, en mettant sa grosse main sous le tablier noir; j'ordonne pour pénitence, si c'est une dame, de dire comment elle l'a perdu....

— Perdu?... Quoi? dit ingénument la demoiselle qui ne rougissait pas (parce qu'il faisait nuit).

— Ah! parbleu, Mesdames, vous permettez?... Eh bien, ce qu'on ne perd qu'une fois!

Et puis de rire, d'un rire franc, qui à tout événement n'annonçait aucune humeur. On montra le gage : c'était le bracelet de Madame de Marsan, que son mari avait très bien reconnu.

— Ah! voilà une jolie plaisanterie.... En vérité, Monsieur, contez vous-même....

— Moi, Madame, moi?....

Et je crois qu'il allait dire qu'il n'y était pas, mais la grande demoiselle avait déjà rendu le bracelet à la maîtresse de la maison (ce qui annonçait une très-bonne éducation). Le voisin observa même que cette conduite prouvait beaucoup d'intelligence à l'égard du bijou perdu ; il allait peut-être en tirer assez lourdement des conséquences, quand la grosse présidente, qui ne pouvait faire des signes (à cause de l'obscurité), lui marcha très solidement sur l'orteil, et justement sur le cor le plus douloureux ; le voisin jeta un cri, mais la conversation fût rompue. Voilà comme les bonnes gens s'obligent entre eux, cela se retrouve dans l'occasion.

Le lendemain, c'était la Saint-Hubert, Madame de Marsan retient tout le monde à dîner. Le temps est superbe et ces messieurs sont insupportables : il s'agit de la plus belle partie de chasse, on a vu un cerf dans la forêt, on conjure sa perte avec la joie la plus bruyante. Chaque gentillâtre de vingt lieues à la ronde est invité à la fête. Le chenil est ouvert, les chiens font un vacarme affreux. Le bon petit domestique de tous les jours a mis sa petite veste à galons d'argent et sa culotte de peau. Il est piqueur aujourd'hui ; il les suit, il embouche un long cor de chasse qui n'a pas servi depuis l'année dernière, il excite les chevaux et impatiente les dames, on prépare les cantines : Mesdames, vous voici veuves pour 8 ou 9 jours, car nous allons où le diable et le cerf voudront nous conduire.

Madame de Marsan boude encore un peu en pensant à la veille ; elle présente le bout de son menton à son mari, qui ne s'en aperçoit pas, lui donne un gros baiser placé au hasard ; on a dîné de bonne heure, il n'est que sept heures ; on part : Bon voyage, Messieurs ! — En hommes il n'y a plus que le bon curé au château.

— Mille pardons, Mesdames, je vous laisse au salon, nous dit cette bonne Madame de Marsan.

Il fallait bien ranger toute cette vaisselle, toute cette porcelaine, ces flacons qui ne voient le jour qu'à la Saint-Hubert ; c'est un embarras que tout le monde connaît, car ces dames rendront aussi la politesse qu'elles reçoivent, à la Saint-Jean, à la Saint-Martin, à la foire ambulante du mois de mai, on aura aussi quinze ou vingt convives, rien de plus juste : on se sépare.

La présidente, à qui le voisin de la veille a versé quelques rasades de trop, s'étend sur un canapé et s'endort ; la grande demoiselle tire un roman de son sac et va s'attendrir à l'angle d'une fenêtre Une cousine de Madame de Marsan court obligeamment l'aider dans ses travaux domestiques ; Madame la comtesse de Camouville mène promener son joli petit chien qui devine cela et qui aboie déjà, tant il a de l'esprit ; Madame de Vertusac remonte dans sa chambre, s'amuse toute seule, je ne sais pas à quoi..., quatre autres dames vont reconduire M. le curé à son presbytère ; on a le temps jusqu'au souper, car nos grands parents dînaient bien, soupaient mieux ; cela tenait au bon ordre de la maison.

— Sans façon, mes chères amies, on vous ressert ce pâté, cette volaille, il y manque quelque chose.

— Voisine, c'est à merveille, on est si bien chez vous, tant de bonne grâce, d'amitié, de franchise.

— Il est resté un peu de Clos-Vougeot, dit la présidente, et elle reconnaît encore la bouteille sur le buffet ; le fait est constant.

— A la santé de nos chasseurs ! — A la santé de Monsieur de Marsan ! dit avec intention la grande demoiselle.

— Cela réveille des souvenirs..., oui, oui, dit-on unanimement, voisine, votre mari est un...

— Très galant homme, interrompt la belle cousine.

— Et le vôtre, dit aussi Madame de Marsan.

— Marie, descends à la cave, encore une bouteille du même et n'oublions personne.

Une bouteille entre neuf dames, ce n'est pas trop ; il faut avouer aussi que ce n'était point la première. On sort de table de très bonne humeur car je suppose que vous voyez bien qu'on s'y était mis et qu'on avait soupé.

Les demoiselles qui lisent des romans ont souvent des vapeurs, c'est ce qu'avait observé le chirurgien du château, qui n'avait pas la moindre réputation, mais qui ne manquait pas d'esprit ni de bon sens ; en conséquence, Mademoiselle Flore se trouva un peu mal après souper, comme on se trouve mal partout quand il n'y a pas là un jeune homme pour couper votre lacet, présenter des sels, poser la main sur le cœur, et opérer des miracles.

Madame de Marsan, en maîtresse de maison, fut la seule inquiète de ce petit accident ; elle conduisit la jeune personne dans sa petite chambre, alluma sa veilleuse, la fit coucher, l'engagea à dormir, ce que Mademoiselle Flore ne fit pas.

Mais c'est qu'elle avait laissé justement Héloïse et St-Preux près de ce fameux châlet... ils allaient y entrer quand la cloche du souper avait sonné ; quel contre-temps !

Revenons au salon : les grandes croisées sont ouvertes sur le jardin, il est plus tard qu'à l'ordinaire, le jour baisse sensiblement, les fleurs répandent une odeur délicieuse.

— Mesdames, voulez-vous de la lumière ?

— Ah ! fi donc ! il faudrait nous enfermer, ou bien les mouches, les cousins...

— Et les chauve-souris ! dit avec effroi la présidente.

— Otons plutôt nos chapeaux, nos grands fichus et ces considérations (nom qu'on donnait alors à des demi-paniers).

— Oui, dit Madame de Marsan, ôtons les considérations, la plus grande liberté ; nous sommes à la campagne, toutes femmes, toutes amies.

— Ma foi, dit la présidente, qui s'emparait toujours de la conversation (excepté quand elle était à table), si vous vouliez nous donner une preuve de cette aimable connaissance qui fait le charme de l'amitié, il ne tiendrait qu'à vous de nous faire un grand plaisir.

— Je vous devine, présidente, c'est le gage touché, dit Madame de Camouville.

— O mon Dieu, Mesdames, vous croyez....

— O mon Dieu, oui, voisine, nous croyons.... Tenez, vous ne vous êtes mariée qu'à vingt ans et vous étiez charmante....

— Et puis, observa très judicieusement Mademoiselle de Saint-Quentin, c'est la faute des parents qui nous marient beaucoup trop tard.

— Très bien dit, reprit la présidente, mais je gagerais que chacune de nous a bien quelque petit péché sur la conscience ; eh bien, racontons-nous chacune à notre tour, avec une entière franchise....

— Ah ! ben, oui dit Madame de Camouville, notre histoire peut-être ? Et ces Messieurs ne seront absents que pendant huit jours.

— Bonne réflexion ; eh bien, la première fois seulement....

— Je n'oserai jamais, dit en souriant Madame de Marsan, qui n'était pas bégueule et qui se souvenait très bien de la première fois.

— Aimable voisine, nous vous jurons la même sincérité, et puis nous nous voyons à peine en ce moment.

— O mon Dieu, beaucoup trop.

— Bon, c'est la lune, et nous voilà encore entre *Chien et Loup.*

# ENTRE CHIEN & LOUP

## PREMIÈRE SOIRÉE

Eh bien ! mes chères amies, dit Madame de Marsan, voici la vérité : J'étais la cinquième fille dont ma mère avait eu la maladresse d'accoucher ; elle n'aimait pas les enfants, ma mère ; elle n'en faisait que parce qu'elle était dévote, et qu'il faut bien remplir le but sacré du mariage ; mon père aimait toutes les femmes, et même la sienne ; nous habitions Melun, à quelques lieues de Paris, au

grand déplaisir de ma mère, qui avait vu la capitale, et se ressouvenait avec émotion de son directeur : je crois que mon père s'en ressouvenait
aussi, car, quand ma mère en parlait, mon père
prenait de l'humeur, et lui imposait silence, ma
mère y revenait le moment d'après, la querelle
devenait plus vive, on se couchait brouillés....
mais on se levait raccommodés.... voilà le mérite
ou l'inconvénient de n'avoir qu'un lit , comme
c'était l'usage dans les ménages d'autrefois.

Mon père mourut, ma mère le pleura un an
très décemment; mais à l'expiration du deuil,
nous vînmes nous établir à Paris. Ma mère avait
un petit défaut : si elle craignait le bruit des petits
enfants, elle trouvait plus gênant encore de conduire avec elle de grandes filles qui avaient le malheur d'être jolies et d'attirer l'attention; aussi mes
sœurs aînées étaient-elles élevées en province, et
l'on me mit au couvent, dont je ne devais sortir
que le jour de mon mariage, excepté pourtant
pour quelques bals, où ma mère consentait de me
montrer, dans la sage prévoyance où elle était
que cela pouvait me faire trouver un mari.

Le séjour du couvent me parut affreux d'abord ;
je pleurai longtemps, mais je fis une amie qui
m'aida bientôt à supporter mon sort; ma mère
permettait que je sortisse du couvent avec elle,
quand elle allait chez sa mère, et mon amie y
allait souvent ; que j'aimais à lui plaire, à la mère
de mon amie!...

Mais pourquoi ne pas le dire tout de suite, la mère de mon amie était aussi la mère d'un beau jeune homme de dix-neuf ans, dont on devait faire un chevalier de Malte ; je m'étais fait expliquer le mieux possible ce que c'était que les vœux qu'il devait prononcer, et toujours cette idée me serrait le cœur d'une manière qui prouvait déjà ma sensibilité.

Auguste peignait à ravir ; il faisait mon portrait, pour sa mère, pour sa sœur rien n'était si naturel ; mais de quels yeux il me fixait alors ; comme son regard était pénétrant, sensible, comme il faisait battre aussi mon cœur ; je posais si mal : à tout moment il se levait, replaçait ma tête, me soulevait légèrement le menton ; il fallait changer quelque chose à la draperie de ma robe, de mon fichu ; sa main le touchait à peine, mais alors je la voyais trembler, le pinceau échappait de ses doigts : nous rougissions tous deux, premier langage, par lequel la nature indiscrète trahit l'amour ou le désir ; pendant ces séances toutefois nous n'étions jamais seuls, Julie restait souvent, et avec elle la bonne Madame Hubert, gouvernante de confiance, qui, par sa présence, croyait remplir assez bien son devoir, sans s'amuser à nous pénétrer ; d'ailleurs c'était elle qui avait élevé Monsieur Auguste, c'en était assez pour croire qu'il ne ferait jamais rien que de très raisonnable et de très décent.

Le soir Madame Hubert nous ramenait au couvent, et j'y parlais encore d'Auguste avec la bonne

Julie qui aimait son frère très tendrement, et ne cessait de m'en faire l'éloge. J'embrassais Julie, qui, à son tour, me caressait beaucoup : comme elle n'avait encore personne qui occupât un peu essentiellement sa tête, c'était à moi qu'elle prodiguait toute l'effusion de son cœur ; sa main pressait doucement les contours d'un sein qui s'arrondissait, chaque jour elle y portait ses lèvres vermeilles, j'aimais Julie.... : mais la nature ne se trompait pas un seul instant, et dans ce soupir que m'arrachait une émotion involontaire, je nommais Auguste de Monteclar. Avec ces adoucissements le couvent est supportable, et j'aurais craint de retourner chez ma mère, qui probablement avait retrouvé son directeur.

Auguste avait tenté de me remettre une lettre en secret, j'avais eu la force de la refuser, il avait cherché à me rencontrer seule, j'avais appelé sa sœur, je devinais bien ce qu'il avait à me dire, et j'avais la volonté d'être sage, comme celle de l'aimer toute ma vie.

. Nous étions à la dernière séance de mon second portrait, quand tout à coup le feu prend à la cheminée voisine de l'appartement où nous étions ; on s'amasse sous les fenêtres, on crie au feu ! Julie descend la première ; Madame Hubert très effrayée perd la tête, court sans savoir où elle va, et ferme la porte sur nous ; je veux tenter de l'ouvrir, Auguste m'arrête, m'entoure de ses deux bras.... me nomme son amie.... son amante... sa jolie bouche étouffe mes cris, un long baiser me donne son âme toute entière.

Je me meurs, Auguste, je me meurs ! au nom du ciel ! C'est tout ce que j'ai la force et l'idée de prononcer. Au feu ! au feu ! s'écrie-t-on de toute part.

Auguste, qui ne pensait nullement au feu, sent depuis un moment qu'il est devenu mon défenseur, mon appui ; mon danger l'effraye, il se jette sur la porte, l'enfonce, m'enlève, la foule nous sépare, l'œil d'Auguste me suit, et me retrouve cent fois ; on éteint le feu, et voilà tout le monde qui raconte à la fois comment et pourquoi il a pris ; la frayeur, l'amour des événements exagèrent tout ; Auguste est là, il n'entend rien.

L'heure de nous quitter est arrivée.

— Adieu ma sœur. — Adieu Mademoiselle.

Pauvre jeune homme, de quel ton il dit cet adieu, de quel regard il l'accompagne ; je cherche mes gants, mon éventail, j'ai tout égaré, Madame Hubert attend, s'impatiente, elle n'aime rien, elle ne quitte rien Madame Hubert ! ces gens là sont odieux.

Placée dans la voiture, à côté de Madame Hubert, en face de Julie, je ne disais pas une parole, mes yeux étaient mouillés de larmes ; je goûtais dans un doux recueillement l'impression de ce brûlant baiser ; je craignais de m'en distraire un moment ; madame Hubert, qui n'avait pas l'habitude d'observer, s'en aperçut pourtant, et attribuant à l'incident du feu l'état dans lequel j'étais :

— Pauvre petite, me dit-elle, vous avez donc été bien saisie ?

— Oh ! oui, Madame, beaucoup.

— Ce ne sera rien, mais prenez toujours du vulnéraire en rentrant ; à votre âge cela peut être dangereux ... Je pensais bien qu'au sien cela ne l'était plus.

Ma bonne Julie me croyait fâchée contre elle ; dès que nous fûmes rentrées, elle m'accabla de questions et d'amitiés ; je la rassurai, mais je la quittai dès que cela me fut possible : j'avais besoin d'être seule, ou pour mieux dire de me retrouver avec Auguste de toute la force de mon souvenir.

Le lendemain j'avais les yeux battus, j'avais pourtant dormi, mais j'avais rêvé... tant rêvé... et de si jolies choses : ah ! dans la vie que de réalités ne valent pas nos songes !...

— A merveille, interrompit la présidente, votre petit Auguste m'intéresse beaucoup, et je m'attends bien qu'à la première entrevue... ...

— Et vous avez raison ; mais vous croyez peut-être que ce fût le lendemain, ou peu de jours après, eh bien, il s'écoula deux ans encore.

— Ah ! l'imbécile ; comment il soupira deux ans.

— Point du tout, il partit.

Madame de Monteclar avait un fils aîné, l'espoir de sa maison, il était à son régiment, je ne le connaissais pas ; ce fils chéri eut une affaire, il se

battit, fut blessé mortellement, et dès le lendemain du baiser toute la famille au désespoir partit
pour aller recevoir les derniers soupirs du pauvre
jeune homme

Auguste restait seul de garçon : il ne fut plus
question de l'ordre de Malte, ni de vœux, il entra
dans le régiment du Roy. Je restai au couvent, car
ma mère qui ne voulait pas faire de grands sacrifices pour moi, ne me trouvait pas de mari. Je
m'ennuyais, j'aimais toujours Julie, je pensais à
Auguste, et je tâchais de rêver.

Pour ma bonne amie, elle avait fait un choix
assez singulier : elle aimait un de ses parents plus
âgé qu'elle de moitié, et auquel on la confiait
même lorsqu'elle sortait du couvent; il avait eu
l'adresse de la séduire, en avait tout obtenu.... et
ma Julie, qui n'était pas très jolie, ne recevant
guère d'autres hommages , croyait avoir une
grande passion pour son cousin.

Si je vous en parle, mesdames, c'est que j'ai
toujours soupçonné mon amie de s'être un peu
entendue avec son frère, dont elle m'annonça enfin
le retour.

Julie avait pleuré sa vertu comme toute honnête fille doit la pleurer ; mais je crus m'apercevoir souvent d'un petit sentiment de jalousie sur
ce que j'appelais si témérairement ma vertu, quoiqu'il ne m'eût manqué probablement que l'occasion
pour l'imiter.

Enfin le grand jour arriva; Auguste, bien changé

sous quelques rapports, ne l'était pas sur l'amour qu'il portait à sa mère; il avait obtenu un congé de quelques jours seulement, et faisait cent lieues à francs étriers, pour ouvrir ses rideaux le jour de sa fête, et lui offrir le premier bouquet.

Julie et moi, nous devions nous rendre avant midi chez Madame de Monteclar. Comme le cœur me battait? Quelle intention j'apportais aux plus petits détails de ma toilette : Julie se moquait de moi : tu es charmante, me disait-elle ; tes grands yeux noirs sont si expressifs, ta bouche est si vermeille, ton teint si frais ; prends ta robe la plus simple, celle qui te cache le moins sera celle qui te siéra le mieux; elle était femme, et elle disait cela, ma bonne Julie : combien cette preuve de sa vive amitié me touche encore ; nous avions préparé des bouquets superbes, enfin Madame Hubert vint nous chercher.

Comme elle nous parlait en chemin de ce cher Auguste : comme il est grandi, embelli ; qu'il est bien avec cet uniforme! et la joie, la surprise, les caresses de sa mère, il y avait de quoi troubler le cœur le plus froid, et certes ce n'était pas le mien.

L'amour maternel est si vif, il a aussi son imprudence. Madame de Monteclar, déjà vieille, court, descend les escaliers, comme une jeune fille, et vient au devant de nous, Julie se jette au cou de son frère.

— Et toi Laure, et toi, me dit cette bonne mère,

n'embrasses-tu pas aussi mon fils, l'as-tu déjà
oublié ?

Je présente ma joue, Auguste la baise *sagement*,
et je sens tout de suite le prix et la *différence* d'un
baiser défendu.

On dine en famille ; je suis la seule étrangère,
Auguste est entre sa mère et moi ; le traître ! il est
penché sur sa mère, il baise à tout moment sa
main ; pendant ce temps-là, son genou presse le
mien ; il dit cent choses tendres, un regard furtif
me les adresse ; j'essaye de me retirer, il se rapproche
avec témérité, et me lance un regard de courroux ;
je vois qu'il ne ménage rien... est-il fâché vraiment !
mes yeux se tournent avec inquiétude sur lui : les
siens sont remplis de feu, ce n'est plus cet Auguste
timide qui douta autrefois de mon amour et de
son bonheur, on croirait qu'il a déjà des droits sur
moi ; c'est peut-être ce maudit baiser dont il se rappelle l'impression et l'effet. Enfin c'est un jeune
homme de vingt-un ans, qui vient de sa garnison
où il ne m'a pas été fidèle du tout, et où les femmes
qui s'y connaissent le mieux, lui ont appris tout ce
qu'il valait.

Madame de Monteclar, fatiguée des émotions de
la journée, demande quelques heures de repos : on
propose pour nous une partie au bois de Boulogne ;
le cousin de Julie sera notre Mentor. On met les
chevaux au vis-à-vis ; nous serons quatre, mais ce
ne sera pas un grand malheur que d'être un peu
pressés. Quel Mentor que ce cousin de ma Julie !

La présence d'Auguste et la mienne peuvent à peine le contenir ; il embrasse Julie, prend mille petites libertés ; Auguste trouve le rôle de tiers insupportable et menace de s'en retourner tout seul porter à Madame de Monteclar des nouvelles du Mentor. On dit mille folies, on en fait quelques-unes et nous allons entrer dans le bois.

Un orage nous survint ; Julie a peur. Nous descendons, la pluie nous gagne, il faut se mettre à l'abri ; il y a bien sur la route un restaurant, un café, on y trouvera des citrons, de l'eau-de-vie, on fera un punch de circonstance qui ne sera pas trop bon, mais qui ne m'en étourdira pas moins. Nous étions tous si heureux ! si contents ! si bien d'accord pour la folie ; un mot de raison fût tombé là comme une bombe, mais aucun de nous ne l'eût ramassé.

Auguste était charmant ; il prétendit que j'avais peur de lui, et moi je prétendais que non, en fille qui ne doit pas connaître si bien le danger. Le temps s'éclaircit et ma tête se troubla ; Julie prend le bras de son cousin et disparaît ; Auguste me défie à la course, je ne m'aperçois pas du piège, je cours et il m'atteint : Nous n'étions pas au bout ; je prétends que ce n'est pas de bon jeu, nous recommençons, le bois est touffu, le terrain est glissant, je tombe.....

Vous croyez peut-être, Mesdames, qu'Auguste me relève ; pas du tout, il tombe avec moi..... oui, Mesdames, il m'accable de tout le poids de son corps. Sans ses baisers qui me fermaient la bouche on eût entendu mes cris... sans ce feu, sans cette agitation qu'il me communique et qui m'épuise, je l'aurais sans doute repoussé, mais j'étais sans force, sans mouvement et quand il me fût possible d'articuler un mot, je m'écriai : Ah ! malheureux !... Eh bien, mes chères amies, je me trompais... il était heureux, parfaitement heureux...

Le lendemain matin ma mère m'écrivit que Monsieur de Marsan me faisait l'honneur de demander ma main; il fallut obéir ; je donnai... ma main, on ne donne pas ce qu'on n'a plus.

### FIN DE LA PREMIÈRE SOIRÉE

## SECONDE SOIRÉE

Nous fûmes très contents de la petite aventure de Madame de Marsan ; nous lui promîmes et lui gardâmes le secret, en attendant avec impatience l'aveu que nous devait la grosse présidente, pour le lendemain soir, car étant par son âge la doyenne de notre petite assemblée, nous n'avions donné le pas à Madame de Marsan que comme maîtresse de maison et aussi par suite de la folle idée que son mari nous avait donnée la veille.

La présence de Mademoiselle Flore nous gênait beaucoup, elle était assez jeune pour que nous pussions supposer qu'elle n'avait point encore fait le premier sacrifice... Elle n'avait point d'aveu à faire, notre sûreté comme son intérêt nous faisait un devoir de l'éloigner.

L'aimable Madame de Marsan en trouva le moyen. Elle fit appeler le médecin, qui avait sa confiance ; je ne sais ce qu'elle lui dit, mais il décida dans l'après-diner que Mademoiselle Flore avait une petite fièvre lente, qu'elle ne devait point souper et se coucher de très bonne heure.

Mademoiselle Flora qui, de son côté, ne se faisait par une grande fête de passer de longues soirées avec des dames seulement, feignait de le croire et convint de fort bonne grâce qu'elle avait les fièvres tous les soirs.

On mit des biscuits et quelques provisions dans sa chambre dans le cas où elle aurait faim la nuit, car Madame de Marsan pensait à tout et n'achetait jamais son plaisir au dépens de celui de personne ; avec ce fond de bonté, si l'on peut avoir quelques faiblesses, elles sont rachetées par d'aimables vertus. Monsieur de Marsan le savait bien quand il tournait en plaisanterie lui-même un soupçon assez grave qui ne l'empêchait pas d'être depuis quinze ans fort heureux dans son intérieur.

L'engagement que nous avions toutes prises de nous faire des confidences augmenta beaucoup notre intimité, et la confession de la présidente n'était pas celle dont nous nous promettions le moins de plaisir, par des raisons qu'elle va vous dire elle-même, car nous avons déjeûné, dîné, soupé, Mademoiselle Flore est dans son lit avec St-Preux (en tout bien tout honneur) et voilà encore le clair de lune que notre impatience aurait bien voulu devancer.

La présidente toussa, se moucha, fit quelques petites façons en nous prévenant d'avance que le cas était *grave*, qu'elle se croyait la plus coupable ; mais comme rien n'égalait notre indulgence, elle commença.

» Mon père était Procureur général du Parlement de Metz ; ma mère, fille de qualité très pauvre, était parfaitement jolie ; mon père le trouva, mais ce ne fut à ses yeux que le second de ses avantages. Il était vain, mon père, il voulait se faire des alliances honorables et enter sur sa robe une bonne noblesse, bien connue dans le pays.

Le Procureur général était fort laid, mais il était riche et il fût écouté, soit qu'il eut ou non l'honneur de donner à ma mère la première leçon des plaisirs amoureux.

Ma mère était douce, timide, craintive même, n'ayant ni caractère ni volonté à elle ; une fois marié, Monsieur le Procureur général lui fit tout de suite un enfant. Il s'en tint là, peut-être parce qu'il devenait vieux et que ma mère était sage.

Mon père prit assez d'humeur quand il vit que ce n'était que d'une fille dont il était devenu père; ma mère s'excusa doucement comme à l'ordinaire et mon père lui signifia d'aller nourrir *cela* à la campagne jusqu'à ce qu'il disposât autrement de moi.

Je reçus du sein maternel un excellent lait, que l'impatience, les veilles et les plaisirs n'altérèrent jamais. Mon père restait habituellement à la ville et quand il venait nous voir à la fin du mois, il disait fort gravement : C'est bien, Madame, la petite devient forte et me ressemblera beaucoup.

Dès que je fus sevrée, il fut question de me séparer de ma mère et de m'envoyer dans une autre terre, où mon père protégeait de bons paysans qui lui étaient entièrement dévoués; pour la première fois, ma bonne mère, qui m'aimait tendrement, eût la force d'élever une plainte, elle osât demander comment elle avait mérité de perdre la confiance de son impérieux époux.

Monsieur le Procureur général fût d'abord un peu surpris de cette petite résistance, mais il se trouva d'humeur à la souffrir.

— Madame, dit-il, à ma mère, j'ai des projets sur l'éducation de ma fille, je ne veux point être contrarié par vos petites idées; d'abord, je veux qu'elle soit élevée en fille de qualité et il n'est pas fort nécessaire qu'elle sache lire et écrire; quelque temps avant de la marier on lui donnera des maî-tres; d'ici là, je veux qu'elle jouisse de la vie, sans aucune prévoyance de l'avenir; les parents sont faits pour cela et tout ce qu'on trouve dans les livres ne sert qu'à gâter les cœurs; dès qu'une jeune fille a lu dans ses heures, elle cherche des

romans, elle en trouve et la puissance paternelle
peut à peine imposer un frein aux écarts de son
imagination.

Ma mère souffrait un peu et aurait assez aimé
que j'appris à lire; mais elle avait craint de me
perdre et trop heureuse de remporter cette victoire elle m'enleva dans ses bras et me porta dans
ceux de mon père.

— Mon ami, lui dit-elle, laissez-moi ma fille, je
vous jure que notre Ursule ne saura rien et que
toutes vos intentions seront remplies à la rigueur.

— C'est bien, dit mon père, qu'elle reste ainsi
que vous à la campagne, donnez-lui des forces,
une bonne santé, qu'elle boive du vin de bonne
heure, le physique est tout. Toutefois Ursule
menace d'être un peu brune, garantissez son teint
du soleil autant que possible, mais brune ou blonde
nous ne serons pas fort en peine je crois de lui
trouver un époux.

Mon père retourna à ses affaires et nous laissa
dans la plus profonde solitude. Il était défendu de
prononcer devant moi le mot d'amour et les jeunes
gens du pays que mon père tenait toujours à une
distance très respectueuse de lui ne songeaient
guère à s'approcher de moi.

Je dois vous avouer, mes chères amies, que ce
qui me garantissait de leurs attaques bien mieux
que les défenses de mon père, c'était une laideur
assez frappante encore à un âge où en général la
jeunesse corrige tout.

Il était fort honnête à ma mère de m'avoir fait à l'image de son époux, mais en vérité il fallut qu'elle en eut été terriblement frappée ! Ces deux sourcils noirs et épais que vous voyez encore, Mesdames, et qui s'approchent tant de mes yeux, ils étaient, je crois, plus saillants à quinze ans qu'aujourd'hui, quand mon père me trouvait *un peu* brune ! C'est que tout s'adoucit aux yeux d'un père, car on assurait que mon teint noir et basané avait quelque chose d'africain ; ce léger duvet, la fleur de la jeunesse, l'ornement du plus beau teint, il était si dur, si foncé, qu'il aurait pu rendre mon sexe douteux... mais, rassurez-vous, Mesdames, j'avais dès cet âge deux seins énormes et d'une telle résistance que l'art ne le pourrait imiter.

La nature, si bien secondée par mon éducation, s'était dépêchée à son tour de me rendre femme ; je l'étais à quatorze ans et ma grosse santé devenait un supplice que je ne savais ni comprendre ni soulager.

On permit alors à ma mère de me faire épeler et de commencer elle-même ma première instruction ; quoique mon intelligence ne fût pas fort développée, j'avais cru comprendre qu'on me cachait des choses que les livres m'apprendraient ; la curiosité me fit surmonter la paresse et je faisais des progrès dans lesquels mon père croyait voir toute l'apologie de son système.

— Vous voyez, disait-il à ma mère, quelle ressource on trouve dans ces organes tout neufs qu'aucûne étude n'a encôre fatigués ; la nature se repose, son travail est fait : quelle brillante santé et quelle profonde innocence ! Ces idées creuses de sympa-thie, d'amour, de préférence n'ont jamais frappé ses oreilles ; que son mari soit laid ou beau, aimable ou non, je le prendrai jeune, robuste ; elle l'aimera parce qu'il sera un homme et parce qu'elle est une femme ; il aura créé ses premiers désirs et sera le premier à les satisfaire ! Voilà les unions raisonnables et dont on ne se repent jamais.

Ma mère trouvait tout cela un peu grossier, mais mon père, lui, avait si bien persuadé qu'il ne se trompait jamais, que, faute d'un avis à elle, elle se croyait du sien.

Les parents qui savaient que mon père avait une grande fortune et une fille à marier se rapprochaient de lui et proposaient leurs fils ; les nobles du pays le recherchaient et mon père s'en trouvait très flatté sans songer un seul instant qu'il dût cet avantage à la fortune ; il était difficile et ne voulait pour moi qu'un homme dont la naissance lui fît honneur.

Mais tout était arrangé méthodiquement dans la tête de mon père ; je ne devais être mariée qu'à dix-huit ans et j'avais beau être précoce il n'apportait jamais le moindre changement à ce qu'il avait résolu. Il venait souvent nous voir à la campagne et paraissait m'aimer beaucoup, sans se départir toutefois de ce ton sévère et digne qu'il avait par système et peut-être aussi d'après les habitudes de son état. Du reste il n'amenait jamais personne de la ville, nous ne voyions aucun homme, pas même pour le service ; une femme faisait notre jardin, une autre la cuisine et ma mère ne me quittait pas. Vous voyez, Mesdames, combien je prolonge mon récit, comme je crains d'arriver au plus brusque dénouement ; mais je vous l'ai promis, et m'y voici :

Nous étions dans les premiers jours de mai ; dans mon pays c'est une époque où de plus de cinquante lieues à la ronde, se rassemblent des marchands de toute espèce, les baladins, les sauteurs, les marionnettes, les ours, les singes et tout cela vient à la ville et se trouve à la foire, qui dure quinze jours, après lesquels ils se répandent dans les campagnes, cherchant encore à gagner quelque chose en réjoignant leurs foyers. J'avais supplié mon père de me mener à la foire, il avait refusé impitoyablement, et ma bonne mère, pour m'en consoler, faisait accueil à tous les petits marchands qui venaient avec leurs voitures et sonnaient à la porte du logis ; elle m'achetait des dentelles, des petits couteaux, et il y avait même quelques jours que, risquant toute la colère de mon père, elle m'avait laissé voir la lanterne magique : il est vrai que le maître était averti, et qu'il ne nous montra guère que Monsieur le Soleil et Madame la Lune, ce qui ne m'empêcha pas de trouver cela fort amusant.

Mais voici bien d'autres plaisirs, Mesdames ;

j'entends le tambour…. je me mets à la fenêtre c'est un Arlequin en habit de caractère; sa Colombine a une jupe rouge un peu crottée, de gros bas bleus et des souliers ferrés ; elle est jeune et paraît gentille, malgré le mouchoir de gaze très sale, qui est noué sous son menton; elle a sur les joues un pied de rouge qu'elle s'est procuré avec du jus de betterave, et quelques mouches noires faites avec de l'encre faute de taffetas d'Angleterre ; voilà Colombine.

Pour Arlequin, je n'aurais pu alors donner tant de détails, son visage noir me faisait même une sorte de peur, son habit de mille pièces et de mille couleurs, dessinait pourtant une taille svelte et très élancée ; il chantait,… et sa voix était celle d'un jeune homme…

Quand la moitié du village fut assemblée par le tambour, Arlequin vint à notre porte, comme la plus apparente du lieu, et pria ma mère, de la meilleure grâce du monde, de lui prêter une table pour faire faire des exercices à un vieux singe qui portait le même rouge que Colombine, qui entendait sa voix et sortit d'un grand panier où il se divertissait à casser des noisettes, en attendant que le spectacle commençât.

Ma bonne mère prête la table, jouit d'avance de ma joie innocente et me permit même de porter un craquelin au singe, et six sous à son maître. Je descends gaiement ; Arlequin me remercie par cent grimaces amusantes ; le singe danse sur la

corde, montre les dents, mange des pommes,
c'était tout ce qu'il savait faire, mais nous ne nous
lassions pas de le voir, quand tout à coup un
nuage auquel personne ne pensait, vint à crever
subitement, inonda de pluie la place, le singe, ses
maîtres, et dissipa aussitôt les spectateurs.

Je vois le pauvre Arlequin bien triste ; il ren-
ferme sa bête et Colombine reporte la table avec
des remercîments tout à fait touchants.

— Et où allez-vous coucher, ma bonne ? dis-je
à cette malheureuse femme.

— Mais, ma chère demoiselle, à la belle étoile,
je pense ; nous n'avons rien gagné aujourd'hui que
les six sous de votre bonté, et quand nous aurons
soupé, mon mari et moi, il ne nous restera pas
de quoi payer un gîte pour cette nuit.

— Quoi, ma bonne, vous resterez ainsi à la
pluie !

— Ah ! Cabotin est à couvert dans son panier,
c'est l'essentiel, car s'il était mouillé, et qu'il vint
à mourir, nous ne saurions plus comment gagner
notre vie.

— Ah ! pauvre femme, dis-je à ma mère et toute
baignée de larmes ! Voyez donc, ma bonne mère,
comme ces gens sont malheureux ! une pluie
terrible ! dormir à l'air, non, non, cela ne sera
pas ; et je me mis à genoux avec toute la véhé-
mence que donne un bon cœur, dans une jeune
fille qui jusque-là n'a pas connu le besoin, ni vu
de si près les malheureux.

Ma mère me relève, m'embrasse ; je prends cela pour une permission, je me jette à son cou, à celui de Colombine ! je crois que j'aurais embrassé jusque Cabotin même, s'il n'eut été serré dans son panier.

Ma pauvre mère n'eût pas la force de me désabuser, elle me laissa faire. Mon père était à la ville, nous ne l'attendions pas de huit jours et il ne s'agissait que d'une nuit.

Nous avions une petite grange fort propre, et nos hôtes n'étaient pas difficiles ; j'y fis porter de la paille fraîche ; je vole au buffet, j'y trouve le manche d'un gros gigot, encore assez bien garni, une bouteille de vin, un gros morceau de pain, je dispose moi-même le souper et le lit d'Arlequin ; il ne tarda pas à venir rejoindre sa Colombine, elle lui montra ma joie, mes soins, mon zèle; il nous bénit et va se coucher.

Nous ne tardons pas à en faire autant; la pluie tombait toujours et ma bonne mère avait justement une de ces violentes migraines qui ne s'apaisaient que par un profond sommeil ; je lui rendis mille soins, j'étais si contente d'elle, elle menait une vie si triste et je commencais à comprendre que c'était à cause de moi ; je lui propose de la veiller, elle me refuse, et me prie au contraire de ne faire aucun bruit avant neuf heures du matin.

Mavieille bonne monte à sa chambre qui est tout en haut de la maison, la jardinière est à la ville et moi je vais dans ma petite chambre qui donne sur la cour, et tout près de la grange où j'ai fait coucher mes deux protégés, mes trois même, puisque Cabotin est en tiers au milieu d'eux.

Je pensais à ces pauvres gens, je n'avais pas vu la figure d'Arlequin, et ma mère m'avait expliqué que, sous son visage noir, il avait peut-être un visage blanc.

Je voudrais bien le voir, me disais-je à moi-même, en délaçant tout doucement mon corset : un homme qui se fait Arlequin, c'est pourtant un drôle d'état que celui-là ; il a peut-être quelques difformités dans les traits que ce masque lui aide à cacher ; ce serait pourtant dommage.... dommage, pourquoi ? je n'en sais rien, mais au lieu de me coucher, je me mets à la fenêtre, la pluie s'apaisait : mes bons amis avaient encore de la lumière, il me vint une idée.

Ma fenêtre n'est pas bien haute, je pourrais y attacher un de mes draps et en me laissant couler tout doucement, je me trouverais dans la cour, tout le monde dort dans la maison, nous n'avons pas de chiens.... j'étais forte et vive, et la curiosité piquant mon courage, je ne garde qu'un simple jupon, une petite camisole de nuit, voilà mon lit défait, je mets le drap à la fenêtre, pas le moindre mal et je suis en bas.

La porte de la grange est entr'ouverte, je ne sais pourquoi ; je glisse devant sans être vue et je vais me poster dehors contre une petite fenêtre qui, le jour, éclairait très bien la grange.

Colombine rangeait les restes du souper.....
Arlequin se déshabille, j'ai peur... est-ce que je
le verrai se déshabiller ! oh bon, il n'ôtera peut-
être que sa veste : il se retourne, la lumière est en
face, il n'a plus de masque, oh ! la jolie figure ! ces
vilains cheveux noirs c'est une perruque, mais lui,
a 23 ans au plus, un beau blond, les belles dents,
les belles couleurs, quel regard vif et spirituel !

— Allons, Manon, dit-il, dépêche-toi, débar-
bouille-toi bien vite !

— Bon, dit Manon, tu est donc pressé, ce soir ?

— Oui, dit Arlequin, ce bon vin m'a fait du bien,
et tu t'en ressentiras, ma fille....

Oh ! mon Dieu, Mesdames, je n'ose plus vous
conter.

— Allez donc, bonne présidente, et ne passez
rien, nous vous en prions.

Manon se déshabille, elle n'est plus enluminée,
elle a pris une chemise blanche dans un petit
paquet, elle en donne une à son mari ; je voulais
fermer les yeux... je voulais, je vous l'assure, mais
la curiosité... je n'ai jeté qu'un coup d'œil... qu'un
seul... et je reste saisi d'étonnement. Manon souf-
fle la lampe, je n'y vois plus, mais j'entends des
soupirs, des baisers ! encore... ah ! mon ami, mon
bon ami ! je me meurs......

Est-ce vrai, mon Dieu, est-ce que Manon est
morte ? est-ce qu'il lui a fait du mal !

Encore un baiser, oh ! non, me voilà rassurée ;

oh, que c'est une chose singulière qu'un Arlequin!

L'air était humide, j'aurais dû avoir froid ; eh bien, au contraire, j'étais tout en feu : un orage terrible était dans mon sein ; je voulais me retirer, je ne le pouvais pas  J'aurais bien voulu voir ce joli visage, dont tous les traits m'étaient présents encore; mais il faisait si nuit! je n'entendais plus rien, je fais un effort, je me retire tout doucement, je suis au bas de ma fenêtre ; je crois remonter comme je suis descendue, en m'accrochant au drap; je le cherche avec ma main, je le sens sous mes pieds ; juste ciel ! comment faire ? le nœud s'est dénoué, le drap est par terre, la bonne Catherine a bien fermé les portes, elle ne descendra qu'à sept heures, que dire ou plutôt que devenir ?

Je regagne ma petite fenêtre, la pluie recommence, je suis toute mouillée. Arlequin dort profondément, et la porte de la grange n'est pas fermée. Je me glisse dedans, derrière une meule de grain que l'habitude me permet de reconnaître à tâtons ; je m'y cache en attendant le jour, et aussi que quelques bonnes idées me tirent d'embarras ; j'étais jeune, le sommeil me gagne, nous ronflons de compagnie, Arlequin, sa femme, Cabotin et moi; Arlequin s'éveille le premier.

— Hu! Manon, décanillons, dit-il à sa compagne, d'un ton qui me parut un peu brutal.

— Ah! déjà, déjà? dit-elle, je suis encore si lasse.

— Vous vous reposerez demain, chienne de paresseuse, voilà le jour qui vient, va-t-en un peu à la rivière laver notre linge, et prend soin surtout d'être ici avant sept heures.

Monsieur Arlequin m'avait paru si bon mari la veille, mais sa belle humeur était apparemment passée.

Sa pauvre petite femme n'osa répondre, s'habilla, prit les deux chemises qu'on avait ôtées le soir, sortit doucement, et traversant la haie d'un petit jardin qu'elle avait sans doute observée la veille, elle fut bientôt dans la rue.

Arlequin s'étendit, bailla, et allait probablement se recoucher, quand un éternuement que j'avais voulu contenir, m'échappa brusquement.

— Bah! dit Arlequin, qu'est-ce que c'est que cela, est-ce toi Cabotin ? — mais non, il y a quelqu'un ici.

Le jour commençait à paraître, il parcourt la grange, arrive à la meule, me découvre transie de froid et de frayeur.

— Que faites-vous donc là, petite femme? me dit-il...

Il s'avance, me prend la main, me conduit au jour et me reconnaît.

— Bon Dieu, mademoiselle, c'est vous ! c'est bien vous ! comme vous voilà mouillée, mais que faites-vous ici à cette heure? la méfiance peut-être? Oh, ne craignez rien, quoique malheureux, nous ne sommes pas des voleurs, au moins.

— Mon cher Arlequin, je suis si saisie, je ne puis parler, le froid, la peur...

— Pauvre chère demoiselle, elle a les sens figés; pardon si je suis comme cela tout en chemise, je vais m'habiller; mais non, réchauffez-vous avant, cette paille vous blesserait...

Et il étend par terre son habit multicolore.

Toutes mes idées sont confuses, mon joli Arlequin m'entoure de ses bras, me réchauffe de son haleine, touche par hasard mon sein..., je frissonne, sa bouche rencontre la mienne... à son tour il tremble, il brûle,... il veut tout... il n'ose rien de plus... mais je n'ai pas la plus légère idée du danger, et ne me défends nullement.

— Que faisiez-vous donc hier au soir à votre femme ? Monsieur Arlequin.

— Ah ! petite friponne, vous étiez déjà là ?

— Elle avait l'air si heureuse, Monsieur Arlequin ?

Ah ! pour le coup, Monsieur Arlequin aurait eu bien moins d'intelligence que son singe, s'il eut encore douté de ma bonne volonté ; il m'embrasse avec transport, m'attire à lui, et avec bien plus de zèle que la veille, il fait... il refait ce qu'il a fait à Manon !

Je crie, ma douleur l'étonne ; elle s'apaise, il recommence... je ne crie plus, je soupire aussi, et d'extase en extase, j'oublie parfaitement que je suis dans le plus grand péril, à demi-nue dans une grange et dans les bras de Monsieur Arlequin. Les arlequins semblables au mien, valent sans doute mieux que bien des gens d'une plus noble profession, pourtant ils se fatiguent aussi ; celui-ci m'interroge, je lui dis tout, il en frémit en brave et bon garçon, qui ne veut pas perdre sa bienfaitrice ; il n'a pas un moment à délibérer. Catherine peut descendre et me chercher, Manon va rentrer.

— Viens, petite, dit-il, je suis grand et vigoureux.

Il soulève deux grosses pierres qui se trouvent dans la cour, et les pose au bas de ma fenêtre ; je mets une de mes jambes sur chacune de ses épaules, ma fenêtre est restée ouverte, je m'y trouve en un instant.

Arlequin me rejette le drap, m'envoie un baiser, et rentre, sans avoir été aperçu de personne. Dieu protége les innocents, et je ne savais certainement pas ce que j'avais fait.

Et vous, ma pauvre bonne mère, vous dormiez sans méfiance ; et vous, mon père le Procureur général, vous étiez peut-être à l'audience, songeant avec satisfaction à la bonne éducation que vous m'aviez donnée, et à la gloire de votre maison que Mademoiselle votre fille venait de compromettre si terriblement, que malgré toute votre dignité elle eût fort bien pu vous rendre grand-père d'un petit Arlequin ; ce malheur n'arriva pas, personne ne soupçonna ce qui m'était arrivé, et l'instinct m'avertit de n'en point parler.

Ce fut peu de temps après, que mon père, qui

m'avait enfin menée dans le monde, eut le déplaisir de voir se dédire un joli petit marquis qui
m'avait d'abord demandée en mariage, mais qui,
ne pouvant s'accoutumer à ma figure, fit naître
des difficultés; mon père, piqué, voulut prouver
tout de suite qu'il n'était embarrassé que du choix,
et je tombai en partage à un gros président à mor-
tier, qui pesait pour le moins trois quintaux; je
n'ose vous dire, Mesdames, que je fis des compa-
raisons... et qu'Arlequin n'y perdit pas.

## TROISIÈME SOIRÉE

En suivant l'ordre établi par l'âge, c'était à la cousine de Madame de Marsan à occuper notre troisième soirée. Avec quelle impatience nous attendions la chute du jour ! Après l'aurore, qui semble apporter l'espérance avec elle, qu'y a-t-il de mieux que ce crépuscule qui nous abandonne silencieusement à nos souvenirs ? Fermons les portes, ouvrons les fenêtres et commençons.

Je m'afflige, Mesdames, nous dit Madame Dumolard, en pensant que ma sincérité pourra vous paraître suspecte, quand vous saurez que c'est mon mari même.... Pourtant des circonstances

assez extraordinaires donneront de la vraisem-
blance à mon récit.

Je n'ai rien à vous dire de mes père et mère;
j'eus le malheur d'être orpheline dès ma plus tendre enfance; mon père, officier de génie, assez peu
riche, avait fait ce qu'on appelle un mariage de
garnison, et ma mère n'avait apporté pour dot que
les deux plus beaux yeux de la province où nous
sommes, car je suis aussi du Verdunois; vous
voyez, Mesdames, que je paraissais destinée à la
plus grande médiocrité, d'après celle de mes plus
proches parents; le contraire arriva.

Un cousin-germain de mon père revenait d'un
long voyage aux Indes, où le bonheur et l'indus-
trie l'avaient rendu propriétaire d'une fortune
immense; il s'informa de ce qui restait de sa famille : les uns étaient morts, les autres s'étaient
fort mal conduits et ne méritaient pas les preuves
essentielles de son intérêt; ma vieille nourrice, qui
m'avait toujours conservée près d'elle depuis la
mort de ma mère, imagina d'aller présenter la
pauvre Caroline à Monsieur de Bras-Doré, mon
arrière-cousin; il sut que personne ne payait les
soins généreux de cette pauvre femme; il voulut
voir mon trousseau, et lâcha le plus gros juron
qu'il eut jamais entendu sur mer, quand il vit les
vêtements plus que modestes dont on couvrait
habituellement mon chétif individu.

Je n'avais encore que six ans quand la provi-
dence m'envoya ce bienfaiteur inattendu; il paya

ma nourrice au-delà de toutes ses espérances; et rassemblant tous les parents qui me restaient encore et qui ne m'avaient donné ni asile, ni secours, il leur fit un sermon dont la morale était excellente, quoique l'énergie d'un marin s'y montrâ sans ménagement; ensuite il leur déclara qu'il me prenait chez lui, me faisait son héritière universelle, prétendant me servir de père et me former lui-même un cœur plus sensible que ceux que j'avais trouvés jusqu'alors; la conclusion de ce discours indisposa tous les esprits, car voir l'égoïsme puni, cela ne fait plaisir qu'à ceux sur lesquels cela ne tombe pas.

Je n'étais pas dans l'âge de la métaphysique, et comme l'heureuse enfance n'a ni les craintes ni les jouissances de l'avenir, je ne voyais de bien dans tout cela que le présent, qui était tout à fait heureux.

Monsieur de Bras-Doré me caressait beaucoup et me trouvait des dispositions; mais ma grande jeunesse mettant encore trop de distance entre nous, il s'en reposait, pour ma première éducation, sur les soins d'une demoiselle, qui, elle-même, n'en avait pas reçu beaucoup. Mademoiselle Anna n'était pas une fille du premier mérite; selon l'opinion vulgaire, mon protecteur l'avait rencontrée dans ses voyages, et après l'avoir séduite et brouillée avec une famille honnête, il l'avait emmenée et s'était pour toujours chargé de son sort.

Mademoiselle Anna n'était plus ni jeune, ni jolie ; elle n'avait pas été, dans le principe, fort satisfaite de mon adoption ; mais comme elle ne s'était jamais flattée de devenir l'épouse de Monsieur de Bras-Doré, elle sentit, en fille de très bon sens, que, loin de lui faire aucun tort, les soins qu'elle prendrait de moi la rendraient nécessaire, et elle ne se trompa point.

Ses bons procédés m'attachèrent à elle ; je la nommais ma mère, je la respectais beaucoup, et je puis dire que je n'en recevais que de très bons conseils.

Monsieur de Bras-Doré avait acheté un des plus beaux châteaux de cette province ; mais l'habitude de voyager ne lui permettait pas de se fixer bien longtemps ; en son absence, nous vivions très retirées. Une bonne santé, une grande aisance, c'était, sans beaucoup de dissipations, la source de tous nos plaisirs.

Mon protecteur ne m'avait fait qu'une seule défense : il ne voulait pas que je visse aucune personne de ma famille, dont plusieurs pourtant étaient dans le besoin ; il n'y avait que ce point que je ne pouvais accorder avec l'extrême bonté de son caractère et de son cœur.

— Plus tu me crois bon et sensible, dit-il, et plus tu dois croire, ma Caroline, que j'ai de grandes raisons pour faire ce que je fais.

Je n'osais répliquer ; Monsieur de Bras-Doré me faisait grand peur quand il jurait, et cela lui arri-

vait très souvent ; ma chère Anna était aussi infle-
xible sur ce point ; mais pour accorder mon bon
cœur avec la parfaite obéissance qu'elle m'imposait aussi, elle faisait tenir secrètement quelqu'argent à ceux dont les besoins étaient réels : c'était
beaucoup, je désirais davantage, et pendant que
Mademoiselle Anna était un peu malade, je trouvai
le moyen de donner rendez-vous à une parente de
ma mère, qui fut m'attendre tout au bout du jardin.

— Ah ! malheureuse enfant, me dit cette parente, en m'ouvrant ses grands bras, est-ce le ciel
qui permet que je revoie ma Caroline, que je
l'éclaire sur l'horreur de son sort.

— Sur l'horreur de mon sort ! quel langage !
moi qui me croyais si heureuse jusqu'à ce jour ?

— Oui, me dit-elle en voyant ma surprise, vous
ignorez que la créature qui vous élève n'est qu'une
fille prostituée, sans honte, sans pudeur, la vile
maîtresse de Monsieur de Bras-Doré, et que vous-
même, sans doute, vous êtes destinée à imiter
toute la dépravation qui vous entoure.

J'eus bien de la peine à écouter jusqu'à la fin ce
discours, qui m'offrait des idées si révoltantes et
si nouvelles ; je n'avais rien vu que de bon et
d'honnête dans la conduite d'Anna, et celle qui
cherchait ainsi à l'avilir était précisément l'objet de
ses bienfaits secrets. Je voulus la défendre, Madame Molesta entra pieusement dans des détails
indécents, tels que mon oreille n'en avait jamais

été frappée ; je rentrai à la maison, mécontente de moi, révoltée du zèle amer de ma parente ; et quand la bonne Anna me reprocha avec douceur l'inquiétude que lui avait donnée ma petite absence, le remord me saisit, je me jetai dans ses bras, et lui dis tout.

— Votre parente a raison, me dit avec la plus touchante modestie cette excellente fille, mon extrême tendresse pour Monsieur de Bras-Doré m'a rendue coupable et je ne puis tout à fait me justifier que des intentions qu'elle me suppose à votre égard.

Je deviendrais trop morale et trop sérieuse, Mesdames, si je vous disais dans quelle conversation ce petit évènement nous entraîna. Anna se décida à me rendre utile sa fatale expérience ; elle m'apprit à connaître l'effet et le danger des passions, elle ne craignait point de me développer tous les secrets de l'amour…. et jugea qu'on se garantissait mieux d'un péril sur lequel on était parfaitement éclairé.

Il me resta de cet entretien les meilleures résolutions ; mais la vertu, qui jusque-là, m'avait paru aussi facile que naturelle, commença à me paraître très méritoire par les sacrifices qu'elle imposait et que j'appréciais davantage.

J'avais quinze ans; mon imagination s'exalta, tous les hommes que Monsieur de Bras-Doré amenait au château faisaient impression sur moi : l'idée de mon devoir s'unissait toujours à celle du plaisir;

mais enfin, ce plaisir, je m'en faisais une idée délicieuse; tout m'en parlait dans la nature, et je ne
pouvais comprendre qu'il fût en même temps si
doux et si criminel.

Ma chère Anna observait avec intérêt tout ce
qui se passait dans mon âme; elle en parla à
Monsieur de Bras-Doré, et il fut décidé qu'on songerait bientôt à m'établir, ce que ma grande fortune ne rendrait pas embarrassant.

— Eh bien, Caroline, tu as donc envie de te
marier? me dit le lendemain mon protecteur.

— Moi, monsieur?

— Oui toi, me dit-il, point de grimaces, point
d'affectation, je ne t'ai point élevée à la contrainte,
et aucune des circonstances qui te concernent ne
t'en imposent la nécessité. Sans être très jolie, ta
fraîcheur est séduisante, tu as une jolie taille, de
la voix, un commencement de talent qu'on perfec-
tionnera à la ville, avec cela deux cent mille francs
que je te donne en mariage; choisis... aime
qui tu voudras, je te le donnerai, car le mariage
a du bon, et une femme ne peut rester sage, si
on attend longtemps, et surtout si elle n'aime pas
celui auquel on l'unit.

Vous ne croiriez jamais, Mesdames, combien
cette entière liberté refroidit l'imagination; une
liaison formée par l'amour, mais contrariée par les
obstacles, prend sur nous le plus impérieux empire, mais elle n'offre pas tout de suite l'idée d'une
union éternelle. Quand le présent inquiète, l'avenir

est plus loin ; ici, choisir, aimer, épouser, je ne devais avoir d'autres soucis.

Nous revenons à la ville; la maison de Monsieur de Bras-Doré est l'asile des plaisirs ; les bals, les fêtes se renouvellent chaque jour, la dissipation, les jouissances de la vanité me rendaient moins empressée à connaître celles de l'amour, la coquetterie fut ma première passion. Monsieur de Bras-Doré n'avait pas prévu cela, et s'alarmait que parmi tant de jeunes gens, qui paraissaient épris de mes charmes, aucun ne parvînt jusqu'à mon cœur ; enfin il fit un choix et l'on peut bien penser qu'en enfant gâté de la fortune, je consultai moins ma raison que je ne fus séduite par les agréments extérieurs.

Messieurs Dumolar nous furent présentés : ils étaient frères, tous deux au service, tous deux jeunes encore, mais l'aîné avait une figure froide et sévère qui m'en imposait et ne m'attirait pas. Marsias, le cadet, était, au contraire, le plus vif, le plus étourdi de tous les sous-lieutenants ; sa figure était charmante, il dansait à ravir, jouait de la clarinette, faisait de petits vers de société, beaucoup de dépense ; comment ne pas croire, avec tant d'avantages, que cela ne fut un excellent mari. Aussi mon cœur se décida-t-il tout de suite en sa faveur ; et distinguant son hommage de tous les autres, j'encourageai une présomption qui bien souvent, s'établissait à moins.

Marsias s'occupait beaucoup de moi, je ne m'oc-

cupais que de lui, nous dansions ensemble, il
m'accompagnait à mon piano, à la promenade, à
la messe même; partout j'avais besoin de lui, et
tout le monde le remarquait.

Mademoiselle Anna m'en parla la première, et me
fit quelques douces observations sur la grande jeunesse de Marsias, sur sa légèreté, son goût pour le jeu,
et mille autres petits sujets d'inquiétude dont son
esprit était frappé, et que je ne remarquais pas du
tout; je l'assurai qu'elle se trompait, que Marsias,
qui m'aimait à la folie, serait le plus sage des époux
dès que cette fougue du premier âge serait dissi-
pée; je ne pensais pas qu'il fallut plus de six mois
pour opérer cette réforme, et je me proposai de
les attendre avant de lui donner ma main. Anna
m'approuva fort en cela et je continuai de voir
mon ami en toute liberté; il ne paraissait pas
douteux qu'il m'épousât, si j'en conservais le
désir; Marsias était un cadet sans fortune et l'aîné
même n'en avait pas beaucoup; il était inutile de
me recommander la sagesse avec un homme dont
l'estime me serait toute la vie nécessaire, et auquel
j'aurai le droit de tout accorder dès qu'il me plai-
rait de légitimer par le mariage ses désirs et les
miens.

Marsias me parlait toute la journée de son
amour, mais jamais de m'épouser. Il lui échappait même des plaisanteries sur cet état, par lequel
on engage si témérairement sa liberté.

Monsieur de Bras-Doré, témoin un jour de ses sar-

casmes, s'en plaignit à son frère : mon ami, lui dit
ce bon marin avec sa franchise ordinaire, votre
frère paraît aimer ma Caroline et je crois qu'elle
l'aime aussi, mais, par Sainte-Barbe, si je souffre
qu'il la regarde seulement, c'est que j'entends qu'il
l'épouse au moins ; votre frère est un enfant que
je n'aurais pas choisi, moi ; mais comme ce n'est
pas moi qu'il épouse, si ma fille adoptive l'aime,
c'est une affaire finie ; Marsias n'a pas le sou, qu'il
rende ma Caroline heureuse, et je serai en reste
avec lui.

M. Dumolard parut très touché de cette loyale
explication, dit que son frère était trop heureux,
que son vœu le plus vif était de m'appartenir ;
bonheur au delà de toutes ses espérances, sous
tous les rapports.

— Eh bien ! c'est bon, reprit Monsieur de Bras-
Doré, ma Caroline veut encore attendre quelques
mois, je la laisse maîtresse de tout et je l'approuve
même assez ; c'est un joli temps dans la vie que
celui où l'on se plaît, où l'on s'aime et où le bonheur reste devant vous, à la distance où nous vou-
lons le placer.

D'après cette bonne intelligence, Monsieur de
Bras-Doré trouva simple le désir que j'avais
de retourner à la campagne et d'y passer la
plus grande partie de l'été avec Monsieur Dumolard.

Marsias commença par m'y importuner affreu-
sement par des transports qu'il m'était assez péni-

ble de réprimer.; je n'osais presque plus me.trouver seule avec lui ; des scènes voluptueuses qu'avait commencée la tendresse, finissaient par des querelles très-vives ; je ne voulais pas dévancer d'une heure, l'époque fixée pour mon mariage, je voulais bien moins encore la prévenir par une faiblesse coupable ; et les instructions *très-positives* que m'avait données ma chère Anna, me défendaient fort utilement des entreprises que Marsias ne cessait de renouveler.

Monsieur de Bras-Doré s'amusait de nos disputes, il nous raccommodait souvent, et Monsieur Dumolard ainé se prêtait de fort bonne grâce à interrompre ou à prévenir le tête à tête entre son frère et moi ; tout-à-coup je m'aperçus que Marsias trouvait souvent des prétextes pour ne pas venir à la campagne : il ne pouvait tant négliger ses maîtres, disait-il, ceux surtout qui lui donnaient des connaissances relatives à son état ; cela ne m'inquiéta pas d'abord, et je fis remarquer à Monsieur de Bras-Doré les progrès de sa raison, qui lui faisait même préférer son devoir au plaisir d'être près de nous.

— Tu fais des miracles ma Caroline, disait Monsieur de Bras-Doré, et si ton petit Marsias est à jamais un sage, j'aurais beaucoup de respect pour toi, qui auras fait là une belle conversion.

Si Marsias s'éloignait un peu, en revanche Monsieur Dumolar ne nous quittait presque plus ; mon protecteur l'aimait beaucoup et moi aussi j'étais bien aise qu'il devint mon beau-frère, sans concevoir aucune autre idée.

Enfin, les absences de Marsias devinrent si fréquentes, que je commençais à m'alarmer ; je me plaignis, il me répondit par contrainte ; j'insistai si vivement, qu'il me tint ce discours :

— Ma chère Caroline, vous savez que depuis six mois je ne vis que pour vous, c'est certainement la passion la plus forte, la plus longue de toute ma vie ; j'ai cru un moment que vous partagiez ma tendresse, et je surmontais dans cette idée ma répugnance pour un engagement sérieux; mais vous m'avez désabusé, je ne crois plus à votre amour. Vous êtes froide, sans tempérament, et de tels êtres sont des sujets maltraités par la nature, qu'il est fort malheureux de rencontrer sur son chemin.

— Moi, Marsias ! moi, je ne vous aime pas ! moi je suis froide : oh ! que vous me connaissez mal.

— Si vous n'êtes pas froide, me dit-il, si vous avez partagé mes desirs avec tant de force, pour les combattre, je vous avoue; Caroline, que cela annonce la plus entière expérience des passions, la connaissance de tous les périls auxquels elles peuvent entraîner, et j'espérais, je l'avoue, qu'une maîtresse de seize ans n'aurait pas cette maturité un peu précoce, et d'assez mauvais augure pour un mari.

— Marsias ! m'écriai-je, qui a pu vous donner le droit de m'injurier ainsi ? Pouvez-vous être surpris que, devant à jamais être votre compagne, j'ai voulu acheter votre estime par les plus pénibles sacrifices ? Fallait-il oublier la sagesse avec vous, pour vous convaincre que je l'avais respectée jusqu'ici ? Quelle est la bizarrerie de votre imagination, s'il vous faut de semblables preuves...

— Je ne suis qu'un étourdi, me dit Marsias, je ne suis pas habitué à tant faire de raisonnements ; mais je ne croirai jamais qu'une jeune fille puisse être si forte contre un *premier* amour.

— Vous ne m'aimez plus, Marsias, une autre vous occupe, et vous cherchez un prétexte pour me trahir...

— Vous m'estimez beaucoup, dit d'un air assez impertinent Marsias, si c'est là votre soupçon ; car enfin, si j'avais quelques fantaisies, il me semble que je pourrais chercher à les satisfaire, sans rompre un engagement très-avantageux pour moi et qui assure toute ma fortune ; non, en vérité, je ne vaux pas tant que cela ; vous me faites trop d'honneur.

J'étais hors de moi, piquée au vif par cette raillerie, versant des larmes de dépit, éprouvant des retours involontaires de tendresse ; les plus vifs combats s'élevaient dans mon âme. J'étais soupçonnée, accusée, c'était là le prix de ma sagesse, des conseils de Monsieur de Bras-Doré, de Mademoiselle Anna ; voilà donc comment ils connaissaient bien le monde et le cœur humain.

Nous restions en silence... je lève les yeux, je

crois voir les larmes dans ceux de Marsias ; il me
tend les bras, je m'y précipite...

— Marsias, dites, ordonnez, qu'attendez-vous de
moi ? que puis-je pour vous désabuser ?

— Caroline ! Caroline !...

Il me serra tendrement dans ses bras... *il hésita.*

Ah ! sans ce moment d'émotion véritable, Marsias serait un monstre, dont le nom me ferait
encore frémir. Toutefois, Mesdames, votre imagination ne peut encore entrevoir de quel projet, de
quel crime j'allais devenir la victime.

Il me rassit, se calma, fit ce qui me parut un
grand effort, et continua :

— Caroline, votre appartement tient à celui de
Mademoiselle Anna ; je le sais.

— Oui, mon ami.

— Mais il y a une issue sur l'escalier dérobé ;
vous en avez la clef ?

— C'est vrai, Marsias.

— Donnez-moi cette clef.

— Juste ciel !

— Eh bien, vous n'osez pas... en fille bien instruite on vous a dit, je pense, qu'une première
faute laisse des traces.

— Marsias, est-ce un juge que je dois attendre ?

— Si je vous juge un jour pour vous adorer le
reste de ma vie.

— Voici la clef.

— A minuit, me dit-il, je n'oublie point les pré-
cautions qu'exige votre honneur ; attendez-moi,

soyez sans lumière, ne parlez pas, ne faites aucun bruit ; je sortirai avant le jour, fiez-vous à moi, je veillerai pour vous.

Nous rentrâmes au salon ; mon trouble, mon émotion pouvaient à peine se cacher, on me crut brouillée avec Marsias : je le laissai supposer, et comme Monsieur de Bras-Doré avait la plus grande complaisance pour ce qu'il appelait mes enfantillages, je me retirai de très-bonne heure, pour éviter également la contrainte ou les questions. Je me déshabille, je me couche, j'éteins ma lumière, et je tremble...

J'entends fermer toutes les portes ; Marsias ainsi que son frère logeaient au château, et dans un même corridor, assez éloigné de mon appartement ; j'aurais pu compter les battements de mon cœur ; toute espèce de violence est contraire au plaisir ; j'attendais Marsias, je l'adorais, et je ne m'en promettais pas.

On ouvre ma porte, j'entends entrer sur la pointe du pied, j'observe le plus rigoureux silence ; il n'y avait qu'un moment encore que j'avais entendu du bruit dans la chambre d'Anna ; les plus doux embrassements me sont prodigués ; jamais Marsias ne m'avait paru plus passionné, plus tendre ; je m'abandonne à mon vainqueur... il prévoit ma souffrance, étouffe le cri involontaire que la douleur m'arrache, use avec discrétion de sa pénible victoire et je m'endors paisiblement dans ses bras.

Je ne sais combien de temps le sommeil triompha de mon agitation, mais je me réveille et crois entendre marcher dans ma chambre ; mon ami est encore près de moi, la peur me glace, je me crois surprise par Anna, par M. de Bras-Doré ; j'entends que les pas se dirigent vers la fenêtre..... on entr'ouvre mon volet, il fait petit jour; c'est Marsias qui est à la fenêtre, c'est son frère qui est dans mes bras !... je m'évanouis.

Messieurs Dumolar s'y étaient bien attendus sans doute. Ils ont des sels, du vinaigre ; leurs secours me rappellent à la vie.

Marsias s'aperçoit que je suis en état de l'entendre, il se met à mes genoux.

— Caroline, je ne vous accuse pas, je ne vous reproche rien, c'est moi qui étais indigne de vous, je suis abîmé de dettes, j'aime le plaisir, je hais toute espèce de chaîne, je veux quitter la France; mon frère vous adore, il m'a peint ses tourments, ses désirs; comment espérer vous y rendre sensible; j'ai souffert de ce sacrifice, croyez-le ; mon action est odieuse, ma témérité sans excuse; confirmez le bonheur de mon frère, ou dites un mot et perdez-nous tous deux.

Les expressions les plus fortes sont au dessous d'un tel moment, Mesdames, souffrez que je n'essaie même pas de vous peindre ce que j'éprouvai ; M. Dumolar embrassait mes genoux, versait un torrent de larmes, me jurait de ne pas survivre une heure à mon indignation ; je connaissais la violence de M. de Bois-Doré, que n'eut-il pas pensé de mon égal ressentiment contre tous les deux, et puis quel droit ne venais-je pas de donner à M. Dumolar ; comment expliquer, comment justifier ma méprise ; il était clair, par mon silence, que je n'avais pas éprouvé de violence, que j'avais donné la clef de l'escalier ; pouvais-je nommer les coupables, sans m'accuser moi-même ? — Mon protecteur était bon, généreux, mais il était si violent, si convaincu, que je ne pouvais abuser de son entière confiance en moi ; j'obéis à mon destin, Mesdames, je dis tout ce que je voulus à M de Bras-Doré : il avait souffert mon premier choix, il goûta davantage mon second.

Marsias fut aux Grandes-Indes ; j'épousai M. Dumolar, et le hasard voulut que je donnasse à mon mari ce que j'avais destiné à mon amant.

### FIN DE LA TROISIÈME SOIRÉE

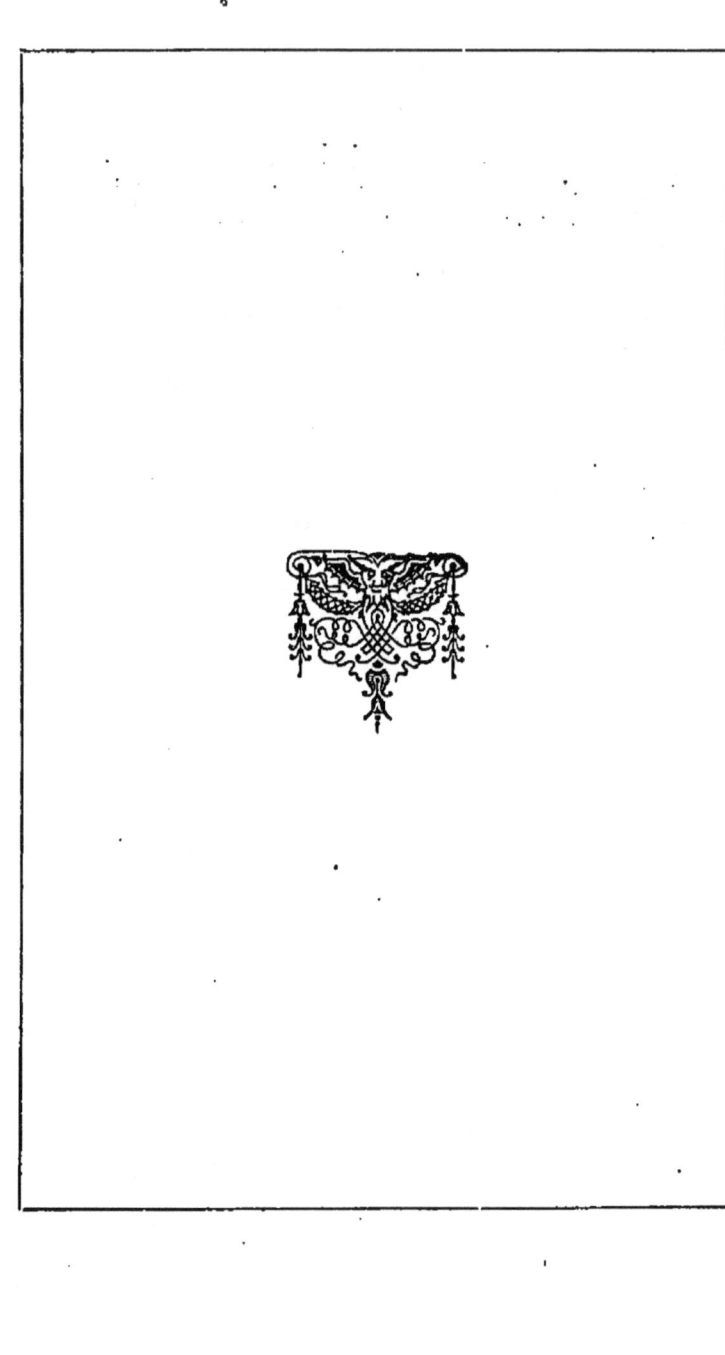

# QUATRIÈME SOIRÉE

*« Faut-il à tous mes chants clouer une Préface? »*

'EST à peu près ce que disait le pieux Voltaire dans sa Pucelle. Je m'en souviens, et je viens au fait.

Mesdames, nous dit Mademoiselle de Vertusac, je ne·prétends pas me soustraire à la convention établie entre nous, et je voudrais par ma confiance, répondre à celle que vous m'accordez vous mêmes. Mais quand nos secrets sont liés avec ceux des personnes responsables auxquelles la considération est nécessaire....

— On ne dit pas leurs noms, chère voisine.

— Mais si des circonstances particulières les désignent?

— Eh bien, on leur garde le plus profond secret.

— Mais je vous assure que je n'ai rien d'inté-ressant...

— Ma chère Florinde, dit Madame de Marsan, quinze ans de ma plus tendre amitié vous ont prouvé, j'espère que je vous trouvais, dans vos erreurs même, les plus grands droits à l'intérêt.

— Oui, Madame, mais la naissance...

— Est l'effet du hasard; en vous trouvant au milieu de celles auxquelles il fut favorable, c'est assez prouver que votre propre mérite vous en a rapprochée.

— Toujours aimable, Madame de Marsan; je ne me ferai plus presser, puisque vous êtes mon appui.

Vous ne saurez pas le nom de ma mère, Mesda-mes, par la seule raison que je ne le sais pas moi-même; il est bien probable que j'avais un père aussi, mais ma naissance et mes premières années furent enveloppées d'un voile impénétrable Je crois pourtant qu'une belle et bonne chèvre, qu'on nourrissait avec soin aux Visitandines, fut ma discrète nourrice; j'en juge légèrement peut-être, mais par l'extrême attachement de cette bonne bête que je contrariais souvent, et qui ne m'en présentait pas moins ses généreuses mamelles.

toutes les fois qu'il me plaisait d'y puiser un excellent lait, longtemps après le temps même où cette première nourriture ne m'était plus nécessaire.

Madame la supérieure des Visitandines, me nommait sa filleule, m'habillait à ses frais tous les ans, avec une petite jupe d'écarlate, un corset de bure gris ou blanc, une cornette de paysanne, des souliers dans l'été, et des sabots l'hiver : à juger de ma destinée par ce premier costume, je n'avais pas grand'chose à me promettre de la fortune, ni de l'élévation secrète de mes parents. Comme il est vrai pourtant qu'un état obscur n'est tout à fait malheureux que par la comparaison d'un autre, je ne me trouvais pas du tout humiliée de me nommer tout simplement Colette, et d'habiter sous le même toit qu'une vieille jardinière, dont je partageais les travaux, selon mon âge et selon sa volonté, qui n'était pas toujours celle de me ménager beaucoup.

Le jour de la fête de Madame la Supérieure arriva, on me para de mes plus beaux habits, on m'apprit un petit compliment fort bête, et que j'avais le bonheur de ne pas comprendre du tout ; je le répétais avec emphase, en y joignant toute l'expression et les grâces dont j'étais susceptible.

La Supérieure dont jusque là je n'avais pas trop remarqué la tendresse et les soins, m'embrassa avec vivacité et me conduisit par la main entre les jambes d'un gros abbé, dont l'énorme circonférence remplissait un grand fauteuil auprès du feu ;

il parait que le Ministre du Seigneur devait au repos de l'âme et du corps une certaine disposition à l'apoplexie; il étouffait en m'embrassant, et je le fixais avec une surprise mêlée de frayeur.

— Savez-vous, madame la Prieure, dit le gros abbé, que cette petite devient charmante; il me semble qu'elle doit avoir dix ans... hem, n'est-ce pas cela, .. je m'en souviens comme si c'était d'hier...

— Taisez-vous donc, l'abbé, il y a une de nos sœurs ici près.

— A la bonne heure. Eh bien, petite, aimes-tu bien ta bonne Geneviève (c'était la jardinière), qui justement m'avait fort tourmentée depuis quelques jours.

— Non, monsieur l'abbé, je ne l'aime pas du tout.

— Comment, tu ne l'aimes pas, petite ingrate; dit la prieure en rougissant de colère, après tous les soins qu'elle a de toi.

— Beaux soins, en vérité; me faire lever à cinq heures, travailler au jardin, à la pluie, au soleil, me donner du pain sec ou des légumes souvent gâtés.

— Pauvre Colette, dit l'abbé, cela fend le cœur; comment souffrez-vous, madame, que cette enfant si délicate...,

— Mais l'abbé, c'est vous-même qui m'avez autrefois donné ce conseil.

— Oui, mais je pensais que votre tendresse adoucirait son sort

— Voulez-vous donc que je me compromette,
dit la prieure à voix basse, le monde est si mé-
chant.

— Viens, viens, ma petite Colette, dit le gros
abbé, qui était le meilleur homme du monde, je
t'emmène ce soir avec moi, je te donnerai des
maîtres, de belles robes, et tu ne mangeras plus
les choux gâtés de la jardinière.

Ce projet me plut tellement, que je sautai au
cou du gros abbé ; je pensai l'étouffer, et si je ne
montrai ni regret, ni reconnaissance envers ma
marraine la prieure, c'est que véritablement sa
réputation lui avait été jusque là beaucoup plus
chère que moi.

Mon petit paquet fut bientôt fait et mes adieux
aussi ; nous prîmes une voiture et ce ne fut qu'en
arrivant que j'appris que mon généreux protecteur
était supérieur de St-Magloire, où il était fort aimé
d'une foule de jeunes séminaristes qu'il traitait
avec douceur, et parmi lesquels il avait même deux
favoris qu'il me parut par la suite aimer presqu'autant que moi.

Monsieur l'Abbé avait une très jolie petite gouvernante de 23 ans au plus ; elle me reçut bien, fit
venir des ouvrières, m'habilla en demoiselle,
changea mon nom de Colette contre celui d'Eugénie, et je n'eus plus rien à faire que d'acquérir
quelques talents, croître et embellir.

Mademoiselle Fanny, la gouvernante de l'Abbé,
me traitait à merveille et je récompensais ses soins

par de certaines complaisances qui ne me paraissent plus aujourd'hui si innocentes qu'elles me parurent alors...

Quand l'Abbé était sorti, ma bonne Fanny me prêtait des livres amusants, me donnait des friandises, à la seule condition de garder la maison, et de ne pas dire à Monsieur l'Abbé qu'elle s'enfermait des heures entières avec le plus jeune de ses protégés ; il est vrai que c'était un garçon charmant, un teint rosé, une vraie figure d'élu.

— Fanny, lui disais-je quelquefois, qu'est-ce que tu as donc tant à dire au petit abbé Jarry ?

— Eugénie, me répondait-elle, ce sont des affaires de famille qui t'ennuieraient beaucoup ; l'Abbé est un peu mon parent, mais il a le défaut d'être fier, et comme je ne suis que la gouvernante de Monsieur l'Abbé, il ne veut pas qu'on sache dans cette maison qu'il est mon cousin.

— C'est fort mal, lui disais-je, et il me semble qu'il est fort heureux d'avoir une jolie petite cousine comme toi ; d'ailleurs l'Abbé qui t'aime tant, t'aimerait bien mieux encore, s'il vous voyait ensemble de bonne amitié.

— Non, non, disait Fanny en riant, tais-toi ma petite, car l'abbé Jarry doit t'apporter un beau collier, et il ne faut pas le désobliger.

J'avais pris la mauvaise habitude de vendre mon silence, et il me rapportait beaucoup, mais tout le monde vivait en paix ; Monsieur l'Abbé m'aimait à la folie, et sous prétexte d'examiner ma

taille, ou de redresser mon corset, il observait
avec des regards très vifs, le développement de
mes charmes, et donnait à mes yeux ou à ma
bouche des éloges et même des baisers, dont la
vivacité me donnait un peu de trouble et beaucoup
de surprise... tout-à-coup il me repoussait de ses
bras comme s'il eut été en fureur, et se parlant à
lui-même : — Non, non, disait-il, je n'en abuserai
pas... non, ce serait trop criminel ; mais qu'il
sera heureux, celui..., et puis il s'arrêtait... se
sentait suffoqué, me demandait un verre d'eau, et
me renvoyait.

Je penchais à croire que mon bienfaiteur devenait un peu fou, je racontais tout cela à Fanny et
à son petit abbé, qui en riaient aux larmes et m'assuraient qu'il avait eu toute sa vie de semblables
excès.

J'allais tous les mois voir ma marraine, la
prieure des Visitandines ; elle me traitait beaucoup
mieux, mais m'interrogeait sans cesse sur la manière
dont l'Abbé était avec moi. Je m'étais aperçue
une fois qu'elle prenait de l'humeur, au récit des
caresses qu'il me faisait, cela me décida à les lui
cacher. Quelques autres observations éveillèrent
vivement ma curiosité.

Madame la Prieure n'était plus très jeune, mais
elle avait à quarante ans de l'embonpoint, et une
fraîcheur des plus attrayantes ; ses grands yeux
bleus étaient naturellement tendres, ses dents
superbes, ses mains blanches et potelées ; une

recherche extrême dans son costume religieux la
rendait une femme très désirable, surtout quand
elle ne prenait pas son ton austère et hypocrite,
qui lui faisait assez d'ennemis dans le couvent

Mon bon Abbé avait bien quinze ans de plus
qu'elle, ce qui faisait cinquante cinq ; mais il avait
dû être bel homme, ses petits yeux noirs étaient
ardents, son teint vermeil, son sourire et son
caractère aimables ; il n'avait de prétention ni à la
science ni à l'esprit ; fidèle à la nature il ne croyait
pas de crimes dans ses besoins ; respectait l'opinion, ne scandalisait personne, et surtout ne se
scandalisait aussi de rien.

Un jour qu'il venait d'apporter à ma marraine
un excellent pâté aux truffes, une poularde fine et
de quoi faire un excellent dîner, je l'avais accompagné au couvent ce que son âge et son titre de bienfaiteur rendaient assez naturel; nous nous mettons à
table; ma marraine est de bonne humeur, le prétexte banal d'une violente migraine a fait défendre
sa porte ; nous ne sommes que nous trois et il doit
être très facile de se défaire de moi après dîner.

Madame la Prieure apporte deux bouteilles
d'un excellent vin du Rhin, dont on ne fesait jamais
le sacrifice que pour l'Abbé ; il en boit en véritable amateur, sa tête s'échauffe, ses petits yeux
brillent d'un feu pénétrant, et je reconnais ces yeux
là pour ceux que j'avais remarqués quand il s'occupait quelquefois de ma figure ou de ma toilette;
je sens son pied qui presse doucement le mien,

je n'y suppose nulle intention, et je reste ; son
genou s'approche, me presse, je me retire ; il s'en
étonne et glissant sa main sous sa serviette, il me
serre la cuisse avec un mouvement d'amour ou
d'impatience qui me fait mal, m'effraye, et m'arrache un léger cri.

La Prieure me regarde avec étonnement, l'Abbé
en montre davantage, et tous deux devinent en
même temps la méprise, car mon bon abbé, trou-
blé par les vapeurs du vin du Rhin, avait cru
s'adresser à l'objet ordinaire de ses habitudes et de
ses plaisirs.

— Vous êtes donc bien chatouilleuse, Eugénie,
me dit la Prieure ; à votre âge je l'étais aussi, mais
ces jeux là font beaucoup de mal ; là dessus elle
composa une petite histoire bien innocente, et que
j'écoutai avec la plus entière crédulité ; pourtant
on dépêcha beaucoup le reste du dîner, et comme
je n'étais pas d'âge à prendre ni café ni liqueurs, on
me permit d'aller voir à la classe des pensionnaires,
d'anciennes amies que je m'étais faites dans mes
fréquentes visites au couvent.

Je ne sais quel malin démon m'inspira une idée
toute contraire à une offre qui d'ordinaire me
plaisait beaucoup. L'Abbé avait toujours ses petits
yeux brillants, et j'étais très curieuse de le voir
avec une autre dans cet état où il me faisait toujours si peur. Je parais sortir dans un cabinet
attenant à la chambre à coucher de la prieure, je
pousse la porte avec force, mais au lieu de la

fermer sur moi, je rentre dans le cabinet et me
tapis dans une grande armoire, qui ne renfermait
que des ornements d'église suspendus à des porte-
manteaux.

J'y étais debout commodément, je n'entr'ouvre
la porte qu'autant qu'il m'est nécessaire pour respirer, et je respire le moins possible, dans la
crainte mortelle d'être surprise ; mais on ne songeait
plus du tout à moi, et j'entends M. l'abbé qui met
les verroux à la porte de la chambre, sans se méfier
de celle du cabinet ; je ne pouvais rien voir, mais
mon armoire était précisément adossée au lit de
la prieure et séparée par la plus mince cloison : il
me fut très facile de juger que c'était sur le lit que
M. l'abbé venait de conduire sa douce amie.

— Otez-donc vite cette guimpe, disait-il que cet
ajustement est odieux ; ; que de trésors il dérobe à
ma vue ; non, ma chère Laure, non, vous ne
changerez jamais.... Et j'entendais des baisers, des
soupirs, dont par contre coup je n'étais guère moins
émue qu'eux-mêmes.

— Mon doux Jésus! disait la prieure quel
plaisir, quel ravissement! Serait-il donc possible
que ce fut là la voie de la perdition ?

— Non, non, disait l'abbé, c'est le chemin du
paradis....

Il se fit un assez long silence, quand tout à coup
Zerbine, la plus fidèle ou la plus traître de toutes
les chiennes, se réveille, parcourt la chambre,
arrive au cabinet, vient à l'armoire, devine ou sent

qu'il y a quelqu'un de caché, se recule, aboie,
revient gratter à la porte et indique si bien ma re-
traite, que dans le même instant la prieure et l'abbé
ouvrent l'armoire, conduits par un mouvement si
prompt et si peu réfléchi, que le désordre de leur
toilette était à peine réparé.

Aucune excuse n'eut été suffisante, et l'on devine
bien que la frayeur ne m'en suggéra pas ; je me
jetai aux pieds de ma marraine, j'implorai sa
bonté et je ne fis que la triste expérience de sa
fureur.

Elle me prit par les cheveux, me traîna dans la
chambre, me fessa d'importance, plaça mon crime
au rang des plus noirs forfaits; et pour la première
fois, mon bon abbé me défendit faiblement; il est
vrai qu'elle ne lui en laissait guère le temps,
l'accablant aussi de reproches sur la mauvaise éducation qu'il m'avait donnée, sur sa faiblesse, son
indulgence, et l'abus que je faisais de sa bonté.

Je ne m'imaginai pas comment cette même
femme, qui, peu de minutes auparavant m'avait
paru si douce, si sensible, m'injuriait comme un
véritable démon, que mes larmes n'apaisaient
pas du tout; mais la chère prieure était tour à
tour faible et dévote, indulgente pour elle seule et
masquant sa conduite vicieuse de la plus noire
hypocrisie.

Elle demanda à l'abbé la permission de me faire
subir une punition exemplaire qui me dégoûtât
pour la vie de la curiosité ; elle voulait me garder

un mois près d'elle. J'implorai la médiation de l'abbé, qui obtint que je n'y serais que huit jours; et nous quitta, je crois, plus affecté de ma douleur que de mes torts.

Je conviens, Mesdames, qu'il est fort mal de se glisser dans une armoire, et de vouloir pénétrer imprudemment les secrets de l'église, mais la gravité de ma faute dépendait beaucoup de la nature de ce que j'avais découvert, et à tout prendre, je crois que je ne méritais pas tout à fait le traitement que j'essuyai.

La prieure me fit descendre elle-même dans un petit caveau très obscur, elle étendit de la paille par terre, me revêtit d'un cilice, non sans m'avoir d'abord cruellement flagellée avec une corde à nœuds, me laissa un pain, une cruche d'eau, et m'enfermant sous deux ou trois verroux, elle me conseilla de faire mes réflexions et de me repentir.

A l'égard du premier point je suivis son conseil et prenant courageusement mon parti sur mon malheur dont je voyais le terme, je mangeai mon pain je tâchai de dormir, et je m'épuisai en conjectures, pour deviner quelle action avait pu accompagner les douces invocations de la méchante prieure et du bon abbé. Je ne souffrais plus dans ma prison que par l'extrême impatience de revoir Fanny, et de l'interroger sur ce qui manquait d'essentiel à mon instruction. Quoiqu'il en soit, j'avais un secret pressentiment que ma marraine craindrait que je ne fisse des confidences, et je me vis une maligne

joie de me venger d'elle, en la tourmentant par
tout ce que pouvaient m'inspirer mes *réflexions* de
huit jours. Aussi, lorsqu'elle vint me tirer de mon
cachot, forcée par la visite de mon bon abbé qui
venait me chercher, je parus touchée du plus vif
repentir, et je demandai à faire une confession
générale où je rendrais le compte le plus sincère
de tout ce qui s'était passé en moi pendant mon
séjour dans l'armoire.

Ma marraine soupçonna, je crois, mon véritable
motif; mais, comme c'était au nom de Dieu
qu'elle s'était montrée si sévère, elle n'osa pas
blâmer mon projet; plus adroite que moi, elle me
dit : — Voici votre protecteur, qui vous entendra; je vous défends d'en parler à aucun autre
qu'à lui. On me fit faire des serments que la
crainte m'arracha, et que je n'eus pas un seul
instant la volonté de tenir.

Revenue au séminaire, ma bonne, Fanny me
consola par ses caresses; j'avais souffert, j'étais
changée et la dureté que j'avais éprouvée l'irrita
plus que moi; car, à cela près des égarements où
l'entraînait le tempérament le plus actif, Fanny
avait le cœur très sensible.

— Tiens, Eugénie, me dit-elle, cet évènement
me décide à te parler sans détours; te voilà déjà
à demi éclairée, pourquoi tourmenter ta tête et
tes sens, quand tu peux devoir à ma confiance et à
mon amitié les premiers jours de ton bonheur?

Le petit abbé entra, et je ne sais quel instinct

m'avertit que les lumières que j'allais recevoir,
m'embarrasseraient beaucoup en sa présence.
Malgré ma vive curiosité, je posai la main sur la
bouche de Fanny.

— Non, non, tu est folle, chère petite, me dit-
elle, et je ne serai pas généreuse à demi ; mon petit
abbé m'aime à la folie, ce qui ne m'empêche pas
de croire qu'il t'aime aussi beaucoup ; mais le
cœur humain est fait comme cela, le changement
et la difficulté l'attirent ; je veux bien céder moi-
même quelque chose du bien qui m'appartient,
mais je ne veux être ni trahie, ni trompée, et le
vrai moyen, ma chère Eugénie, c'est de t'admettre
en tiers dans notre douce intimité ; allons, Jules,
dit-elle au petit abbé, embrasse Eugénie : un
baiser de possession, entends-tu, je ne t'en aimerai pas moins

Jules ivre de bonheur et d'amour, s'était jeté à
nos pieds et ne savait à laquelle des deux prodiguer
ses caresses ; le procédé de Fanny lui paraissait
sublime, et la permission de lui être infidèle semblait donner un nouveau charme à son amour.

Quant à moi, l'excès de mon trouble ne me
permettait de mettre aucun ordre dans mes idées,
je me cachais dans le sein de Fanny ; la jolie
bouche de Jules ne m'en détachait pas, sans y
déposer mille baisers de feu ; à son tour elle
découvrit le mien, feignait d'y cacher aussi sa
honte ; et des caresses incendiaires nous donnaient
à tous d'assez vives jouissances pour éloigner la

pensée de la dernière, qui n'amène que trop tôt la réflexion et le repos.

— Assez, assez, nous dit Fanny, il ne faut pas nous oublier, nous voici d'accord; forcée de vous imposer un sacrifice que votre sûreté exige, laissez-moi assez de force et de raison pour vous en montrer la nécessité, sans que vous puissiez croire que mon caprice ou mon intérêt personnel y soient pour quelque chose.

En ce moment Fanny avait de si grands droits sur nous, que nous n'avions rien à lui refuser. Jules fit une petite mine bien triste, comprit bien mieux que moi de quel sacrifice il était question, et nous nous plaçâmes tous trois sur un sofa qui n'était pas le siége ordinaire de longs discours.

— Bonne Eugénie, nous dit en se calmant l'aimable Fanny, avez-vous cru jusqu'ici que les abbés et les prieures fussent une espèce privilégiée au-dessus des faiblesses humaines ?

Supposez donc, ma bonne Eugénie, que la prieure des Visitandines et le supérieur de Saint-Magloire, tous deux liés par des vœux indiscrets, ou servilement soumis peut-être à la volonté de leurs parents, se sont repenti de cette résolution, se sont avoué leurs regrets, se sont trouvés aimables, se sont prouvé qu'ils s'aimaient par tous les moyens qu'inventèrent la nature et l'amour, et vous devinerez sans amertume et sans scandale ce qui se passait sur le lit de la prieure, pendant que, grâce à votre inexpérience, vous ne faisiez rien dans votre armoire, si ce n'est d'écouter, et de vous préparer des inquiétudes et des chagrins.

Ce n'est donc pas la connaissance de leurs plaisirs qui m'indispose contre la prieure; mais bien l'impudence comme la rigueur de ses procédés envers vous; car les fautes de cette nature, et qui supposent une âme tendre, sont dignes de blâme et de sévérité, quand elles s'accordent avec l'intolérance et l'hypocrisie.

— Chère Fanny, dit l'abbé avec tendresse, vous étiez faite pour tout ce qu'il y a de bien et d'honnête.....

Un soupir, un doux baiser, exprimèrent ce qui se passait dans l'âme de notre bon ami, qui trouvait une volupté nouvelle à voir encore ces traces de la vertu dans une fille, que mille circonstances avaient éloignée du devoir.

— Fanny, donnez à votre conversation un intérêt plus vif, lui dis-je, parlez-nous de vous.

— Oh! nous dit Fanny, je n'ai pas un grand roman à vous faire, je ne suis que la fille d'un bon fermier du Vivarais. Mon père, très occupé de ses travaux, ne pensait guère ni à ma figure, ni aux dangers qu'elle me préparait. Le fils du maître de poste, qui était le plus beau garçon du pays, me trouva aussi la plus jolie fille; mais il était riche, j'étais pauvre, et il lui paraissait bien plus sage de me séduire que de m'épouser.

On me laissait souvent seule avec lui. Il avait

prêté quelqu'argent à mon père, ce qui lui valait à toute heure l'entrée de la maison. Douée d'une imagination très vive, d'un penchant décidé à l'amour je cédai sans beaucoup de résistance, et j'eus l'extrême malheur de découvrir peu de temps après quels étaient les résultats de ma faiblesse. Je le dis à mon amant, que cela ne toucha pas beaucoup; il me donna cent écus, et me conseilla d'aller faire mes couches à Paris.

Désespérée de sa conduite et de son insouciance, et craignant excessivement mon père, je me décidai à suivre ses conseils. Je me sauvai de mon village un beau matin, et après avoir mis beaucoup de temps et d'économie à faire le voyage, je me trouvai au milieu de la capitale, où je n'avais pas besoin de me cacher, parce que je n'y étais connue de personne.

Je passai par hasard vis-à-vis de l'église Saint-Magloire, j'y entrai. Monsieur l'abbé venait d'officier; sa figure annonçait de la franchise et de la bonté : il entra au confessionnal, je l'y suivis sans bien savoir ce que je voulais moi-même. Dès les premiers mots il s'aperçut de mon trouble, et me rassurant avec douceur : ma chère enfant, dit-il, vous avez l'âme, à ce qu'il me paraît, dans une grande agitation, calmez-vous ce soir, et demain à huit heures, venez me trouver dans ma maison.

— Je ne sais où aller coucher, lui dis-je, toujours entraînée par la confiance que sa vue m'avait inspirée tout de suite; il eut l'air de réfléchir un instant, puis cédant à son bon cœur, il me dit : eh bien, malheureuse enfant, venez-y donc ce soir. J'y fus.

Je n'avais que seize ans encore et toute la naïveté de mon âge et de mon éducation champêtre ; il jeta ses regards sur ma taille visiblement arrondie, mais cette circonstance malheureuse redoubla son intérêt : il me plaça dans une maison de santé, où tous les soins me furent prodigués ; mon enfant mourut, et mon généreux bienfaiteur m'offrit de me mettre chez une dame, chez laquelle ma vie serait douce et paisible.

Le croiriez-vous, mes amis ? Cette proposition qui m'éloignait de l'abbé m'éclaira sur la nature de mes sentiments pour lui ; la reconnaissance les avait d'abord déterminés, mais, malgré la grande différence de nos âges, je reconnus que je ne pouvais vivre heureuse que près de lui, et j'insistai sur cette faveur.

Le cher abbé, jusque-là sans projets sur moi, ne put résister à cette épreuve ; il m'assura dès la seconde année de notre liaison une petite rente avec laquelle je pourrais vivre indépendante, si mon inclination ne me portait pas à le soigner jusqu'à sa mort.

Monsieur l'abbé n'est point jaloux et n'est plus amoureux ; je crois pourtant qu'il me verrait avec une sorte de peine passer dans les bras d'un autre, et par prudence je lui évite ce chagrin.

Je n'ai point été étonnée, ma chère Eugénie, de la manière dont il vous a adoptée, d'après ce qu'il a fait pour moi-même ; mais sans parler de quelques idées que j'ai sur votre naissance, je prévois le moment où vous serez forcée de vous séparer de nous. Ce n'est pas sans difficultés que le supérieur de Saint-Magloire a obtenu la permission de conserver auprès de lui une gouvernante aussi jeune que moi. Une aussi jolie fille que vous offrirait encore plus d'aliments à la calomnie : aussi suis-je sûre qu'il pense à vous marier.

On ne sera pas trop porté à croire que votre séjour chez l'abbé aura été fatal à votre vertu ; pour quelques instants de plaisir ne hasardez donc pas d'en laisser les preuves ; donnez-vous toute entière à l'amitié, à la volupté, mais dans les bras de votre amant même, laissez encore un regret à l'amour....

Cet entretien d'abord interrompu par les plus douces caresses, le fut bientôt après par un coup de sonnette qui indiquait le retour de l'abbé.

Il ne se formalisa pas de nous trouver tous trois ensemble, le souper fut gai et le lendemain nous promettait de nouveaux plaisirs ; mais la bonne Fanny n'avait pas prédit au hasard notre séparation ; elle avait un juste pressentiment de ce qui arriva, sachant que l'évêque *** devait venir au premier jour dîner au seminaire.

Ce jeune prélat, que je ne dois pas vous nommer, Mesdames, était un homme de la cour et de la plus grande naissance ; il avait eu de très bonne heure la vocation de ne rien faire, d'avoir un évêché et cent mille livres de rente ; secondé par tout ce qui fait réussir auprès des princes et des dames, il avait obtenu toutes les faveurs de la fortune, jouissait d'un grand crédit, et était également un ami véritable et utile, ou un ennemi vindicatif et dangereux.

On l'avait informé de mon séjour chez l'abbé ; il était curieux de me voir, et accoutumé à céder tout de suite à son premier désir.

J'eus le malheur de lui paraître charmante (je dis malheur, puisqu'il me sépara de plusieurs êtres qui me devenaient bien chers). Il représenta à mon bienfaiteur qu'un plus long séjour dans la maison nous compromettrait l'un et l'autre, et il offrit de me placer, comme demoiselle de compagnie, chez sa sœur, la duchesse de ***.

Une telle offre était trop avantageuse pour moi pour ne pas rendre mon refus suspect. Monseigneur me demanda si j'avais quelque parent dont l'aveu fut nécessaire ; l'abbé répondit que j'étais orpheline, et mon départ fut résolu et déterminé pour le lendemain.

Je donnai des larmes bien sincères à mon abbé, à ma chère Fanny et à son pétit séminariste, qui était si près de devenir le mien.

Fanny m'éclaira tout de suite sur les desseins de l'évêque. Les bienfaits des jeunes seigneurs de la cour sont rarement désintéressés, me dit-elle. Vous allez devenir la maîtresse de Monseigneur, obéissez donc à votre étoile, ma chère amie ; sans

famille, sans fortune, entièrement abandonnée aux
pouvoirs d'un homme que votre refus offenserait,
ne pensez pas être la seule au monde dont la
destinée soit conduite par le hasard. Cherchez-y le
bonheur, et ne regardez ni devant, ni derrière ;
puisqu'on ne change pas son lot, il faut toujours
croire qu'il est le meilleur.

En effet, Monseigneur me dit dès le lendemain
que je n'avais pas assez de talents ni d'usage du
monde pour être tout de suite présentée à sa sœur ;
il me conduisit chez une dame qui avait sa confiance, et qui lui était entièrement dévouée. On
me donna des maîtres ; le goût et l'usage de la
toilette, le spectacle, la musique, achevèrent de
disposer mon cœur à l'amour, et Monseigneur, qui
avait du reste infiniment d'agréments personnels,
n'eût pas de peine à me rendre sensible à ses soins ;
je l'aimai follement mais sans parvenir à le fixer,
un nouveau choix rompit notre liaison, et ce
fut alors que me présentant à Madame la duchesse
de ***, il tint la promesse qu'il avait faite à l'abbé. Je
répondis aux bontés de ma protectrice, je lui dus
les meilleures connaissances, parmi lesquelles j'eus
le bonheur de rencontrer Madame de Marsan.
La duchesse mourut et m'assura un sort. Je commençais à ne pas être jeune, je m'entourai de mes
souvenirs... et ne voulus point de mari.

FIN DE LA QUATRIÈME SOIRÉE.

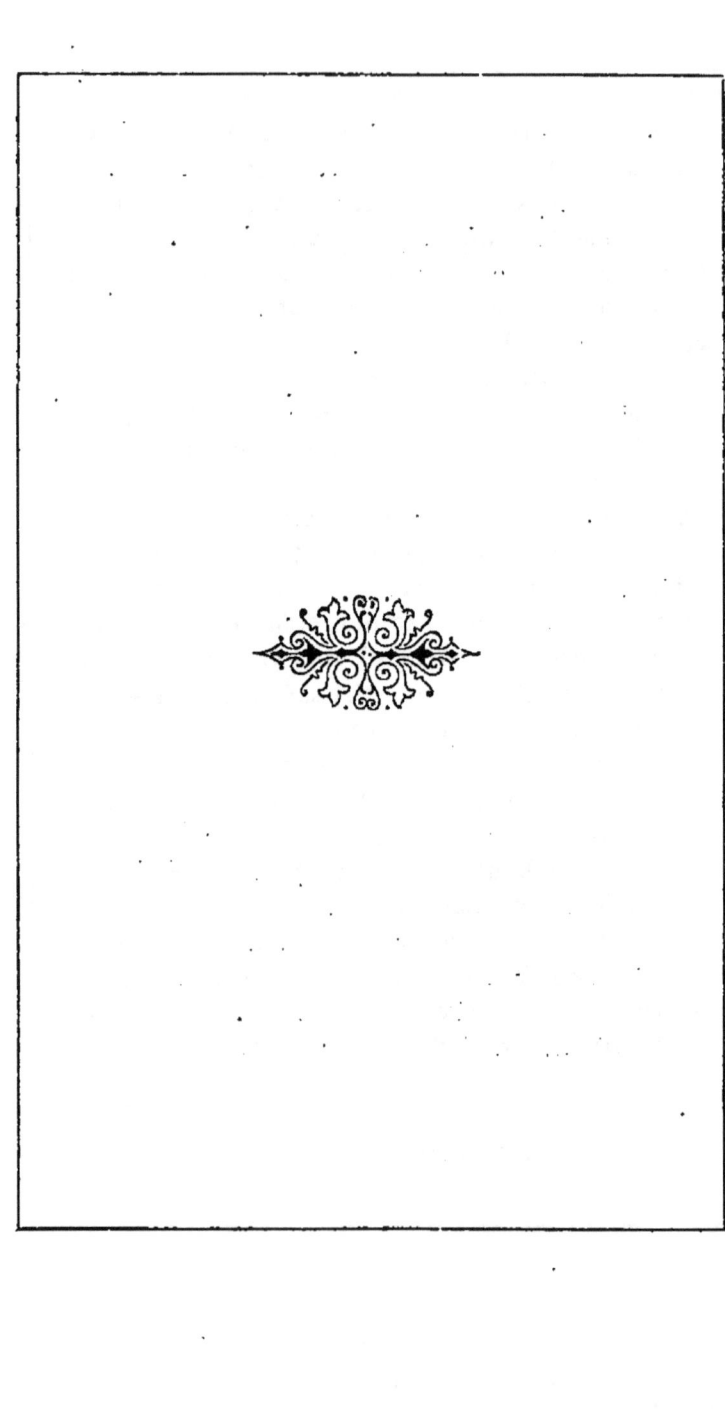

# CINQVIÈME SOIRÉE

ONSIEUR de Volmar est mon mari, Mesdames; cela fut décidé il y a bientôt quinze ans à Nantes, et dans la paroisse Saint-Georges, sous laquelle je suis née; ce mariage ressemblait à mille autres qui se font chaque jour dans cette église, et pourtant, que de différence !... Mais pardonnez à ce préambule, je ne sais guère conter, je vous en avertis.

Je suis fille d'un riche négociant de Nantes. Monsieur Samuël, mon père, était connu pour ses spéculations, la hardiesse de ses entreprises et le succès qui les accompagnait toujours; la chose du monde qui l'intéressait le moins, c'était ce qu'on appelle en général le bonheur domestique ; il n'était jamais chez lui que quand les affaires de son cabinet l'exigeaient ; la hausse et la baisse, voilà ce qui l'occupait à son réveil, ce qui avait été le soir sa dernière pensée, et c'était en rêvant qu'il avait trouvé un procédé sur la loterie, dont il se trouvait bien ; tant il est vrai que le sort semble s'attacher aux heureux qu'il a faits.

Mon père ne donnait pas la moindre attention aux dames, se bornait quand il se rencontrait avec elles à la plus froide politesse ; qu'on fut jeune et jolie, brune ou blonde, aimable ou sotte, qu'est-ce que cela avait de commun avec ses opérations financières, auxquelles il rapportait jusqu'aux moindres actions de sa vie ? Pourtant, il avait une maison bien montée, donnait d'assez jolies fêtes et de grands repas. La représentation ajoute au crédit, et le crédit aux affaires ; puis on attire des étrangers, on se ménage des protections dans leur pays, et les occasions de dépenses et de plaisirs lui paraissaient raisonnables dès qu'elles retournaient au but essentiel : à gagner de l'argent.

Cette conduite faisait regarder Monsieur Samuël comme un des meilleurs partis de Nantes ; on s'attendait qu'il ferait un choix, songerait au mariage, et quoique mon père ne fut ni beau ni bien aimable, il était sûr de ne pas être refusé. Cependant, sans la peine que ses amis prirent de s'occuper de lui, il est probable que mon père

serait mort garçon et que je ne serais pas de ce
monde ; mais un ami de Monsieur Samuël, qui
avait quelque raison de ménager un négociant de
Nantes, se fit fort de le marier avec la fille de la
maison, qui n'était pas du tout jolie, mais
qui riche elle-même, recherchait la fortune avec
plus d'avidité que ceux qui n'en ont point.
Monsieur Sadi (l'ami de mon père) entama la
négociation, ce qui parut à Monsieur Samuël
l'idée la plus neuve, la plus folle qu'il eut jamais
entendue.

— A quoi cela sert-il donc de se marier ? disait-il
en riant, je n'ai pas le temps, mon ami, non, vraiment, je n'ai pas le temps.

— Le parti que je vous propose, ajouta Sadi,
vous liera d'intérêt avec les meilleures maisons de
Gênes, où le père a des parents, et puis la demoiselle a du bien. Une femme aussi vous épargnera
bien des soins à l'intérieur ; enfin, je vous offre
dans celle-ci un vrai trésor.

A ce nom de trésor, M. Samuël, bien disposé,
ne fit nulle question sur la demoiselle, et après
quelques détails sur la dot et les relations de commerce, il dit :

— Eh bien, Sadi, arrange tout cela comme tu
voudras ; que les présents ne me coûtent pas trop
cher, qu'on n'exige surtout pas de visites assidues,
de petits soins auxquels je n'entends rien du tout ;
dis-moi au juste combien tout cela peut me revenir. Tu achèteras les diamants, je te compterai les

fonds, et quand on aura besoin de moi pour conclure, tu m'avertiras.

Jamais Sadi n'avait fait une meilleure affaire ;
les parents de la demoiselle se désistaient, en
faveur de ce mariage, d'une poursuite de dix mille
francs que Sadi leur devait.

Monsieur Samuël se fit inscrire deux fois chez sa
prétendue quand il la savait au spectacle ; il accepta
un dîner chez les parents parce qu'enfin il faut
qu'on dîne chez soi ou ailleurs et que c'est une
heure de la journée où les affaires ne vont pas ;
enfin il offrit assez gauchement un bouquet à
Mademoiselle Coraly qu'il regardait pour la première fois, et qui lui sembla un peu contrefaite ;
il crut aussi voir qu'elle avait les cheveux très
roux ; il le dit à Sadi, qui l'assura qu'ils étaient du
plus beau blond du monde, et mon père se maria
huit jours après.

Monsieur Samuël ne fut pas trois jours en
ménage, sans découvrir que sa femme était prodi-
gieusement avare et intéressée. Elle prouva que
tous les domestiques étaient infidèles et s'enrichis-
saient aux dépens du maître ; on les renvoya et le
traitement des nouveaux-venus fut de moitié
moins cher ; la réforme s'établit partout, et mon
·père, sans paraître moins, se trouva d'un tiers plus
riche, redoubla de confiance et de considération
pour sa chère moitié.

Ce fut sans doute dans un de ces moments de
considération que je vins au monde par une mala-

dresse de mon père et contre le vœu de ma mère
qui calculait en un clin d'œil ce que coutaient
la layette, la nourrice, les maîtres, la dot et jusque
l'enterrement quand les enfants ne venaient pas à
bien.

Ma mère eût voulu que sa grossesse durât deux
ans, seul temps où les enfants ne sont pas onéreux ;
mais la nature, qui ne se prête à aucun calcul, la
fit accoucher à neuf mois. On reconnut mon sexe
et je fus assez mal accueillie de tout le monde. La
nourrice m'emporta, promit de m'aimer à la folie
pour douze francs par mois, et on tâcha de rega-
gner ces douze francs par de nouvelles économies.

Pourtant Sadi, auquel mon père devait un établissement si raisonnable, en avait acquis beaucoup de crédit dans la maison ; il avait un esprit
très inventif, rien à perdre ; et sans quatre ou
cinq procès majeurs qui suspendaient ses rentrées,
la sagesse de ses entreprises l'aurait déjà rendu un
homme riche et puissant.

Mon père lui prêtait, en cachette de ma mère,
quelqu'argent pour plaider, et Sadi ne plaidait
point, parce que ses causes ne s'appelaient jamais.
Il n'était pas le seul auquel un mauvais procès
donne quelquefois du crédit ; il faisait des dupes
et malgré toute sa prévoyance, mon père fut du
nombre ; on enleva un corsaire qu'il venait d'équi-
per à grands frais, et ma mère, qui était fort
sensible, pensa mourir de douleur. On me rappela
à la maison paternelle, car j'avais déjà sept ou huit

ans, et ma bonne nourrice m'avait toujours gardée par affection, s'apercevant très bien que la tendresse de mes parents n'égalait pas la sienne. Je la pleurai amèrement, et l'on me trouva des inclinations basses. Je ne savais que jouer, courir et attraper des papillons ; je déchirais mes robes, j'usais mes souliers, et ma mère, sans s'embarrasser de ma tristesse, me tenait tout le jour assise près d'elle, pour me donner ce qu'elle appelait un *bon maintien.*

Enfin, des circonstances politiques offrirent à mon père une brillante occasion de réparer sa fortune, s'il voulait aller à Philadelphie. Tout Nantes s'intéressa à son entreprise, et ma mère, à qui l'ambition tournait la tête, décida qu'il fallait partir sans le moindre délai.

Mon père ne conçut pas d'abord que l'intention de ma mère était de l'accompagner ; mais elle lui observa que, s'il fallait soutenir sa maison pendant son absence, la dépense serait double ; que d'ailleurs il était glorieux, sans ordre, facile à séduire, et qu'enfin elle ne craignait pas les voyages et ne voulait pas le quitter.

Mon père s'était laissé déterminer insensiblement. Il céda pour éviter le bruit, et après avoir choisi, dans tous les couvents de Nantes celui dans lequel ma pension et mon entretien coûteraient le moins, on paya six ans d'avance et on ne songea plus à moi. Je quittai sans regret la maison paternelle, mon père me donna deux louis pour mes plaisirs; cela me paraissait très généreux, et le couvent dans lequel j'aurais la permission de courir, me sembla l'asile de l'amitié et du bonheur.

Je me garderai bien de vous dire, Mesdames, ce que je fis dans ce triste couvent pendant les sept années que j'y passai : les religieuses étaient vieilles et dévotes, les pensionnaires ignorantes et sages; l'usage de la maison ne permettait pas de sortir; peu ou pas de parloir, et jamais pour les hommes, pas de roman ; l'importante affaire du Directeur des consciences était la seule chose qui apportait un peu d'agitation dans cette maison, qui pouvait donner d'ailleurs l'image du néant.

J'y avais une amie plus âgée que moi; elle se maria et promit bien, avant de sortir du couvent, de me revoir souvent, et de me dire tout ce qu'elle aurait appris sur de certaines matières qui nous paraissaient très abstraites, et sur lesquelles nous n'avions que les idées les plus vagues.

En effet, Cidalise revint huit jours après son mariage ; elle ne put entrer et me fit demander à la grille : après beaucoup d'amitiés et de caresses réciproques, je voulus profiter d'une occasion qui me serait peut-être refusée à l'avenir, et je lui demandai à demi-voix si elle était heureuse dans son nouvel état. Elle comprit ma curiosité et me dit que son mari était un homme jeune, charmant, aimable, galant, et paraissant l'aimer à la folie : mais, ajouta-t-elle, plus bas, que la première nuit est terrible!..... Bah! lui dis-je, et pourquoi cela?

Aussitôt la sœur écoute, cachée très près de nous derrière un rideau, et nous dit : Mesdames, je suis fâchée de vous interrompre, mais le temps qu'on vous accordait est passé ; Mademoiselle Samuël, remontez au dortoir, et vous, Madame, ne prenez pas la peine de revenir ici. Il nous fût très pénible de recevoir cet arrêt avec beaucoup d'humeur, mais il fallait s'y soumettre. Mon amie m'écrivit quelques jours après que son mari venait d'obtenir une fort belle place à Paris, qu'elle allait l'habiter ; elle partit, et je ne la revis plus.

J'avais quelquefois des nouvelles de mon père : son commerce prospérait, ses pertes étaient réparées ; mais il se plaisait à Philadelphie, ma mère avait pensé périr dans la traversée, et ni l'un ni l'autre ne songeait à revenir en France.

Il me restait à Nantes des parents qui paraissaient m'aimer assez et furent chargés de soigner à mon établissement ; je m'ennuyais, j'avais le cœur vide, et je ne pouvais qu'être mieux.

Un de nos oncles vint me dire que Monsieur de Volmar demandait ma main. Il était beaucoup moins riche que moi, mais nos fortunes réunies, nous mettraient encore dans une bonne aisance. On était pressé de m'établir, je ne demandai pas mieux, surtout lorsque j'eus vu mon futur époux, qui était d'un extérieur fort agréable, quoique âgé de trente-six ans, ce qui était presque le double de mon âge. Ce fut alors pourtant que je commencai à m'occuper avec inquiétude du peu de mots que m'avait dit Cidalise !

La *première nuit,* j'allais donc l'éprouver, la connaître ; j'aurais donné tout au monde pour que mon instruction dévançât un peu mon expérience ; je m'étais fort bien aperçue qu'on avait interrompu notre conversation à dessein ; cela m'ôta le courage d'interroger les religieuses qui ne pourraient ou ne voudraient répondre à ma curiosité ; la mère Sainte-Eustache était la meilleure et la plus gaie de nos maîtresses ; je lui fis part de mon mariage, qui devait se faire dans trois jours, et je ne devais sortir du couvent que pour aller à l'église ; je hasardai quelques questions, et j'osai même lui répéter les quelques mots que m'avait dits Cidalise.

— Mon enfant, me répondit la vieille mère, quand on est marié, le mari a le droit..... — Eh bien, quel droit ? — Je veux dire, le mari peut..... — Que peut-il ?

Et elle n'achevait rien Je n'en sus pas davantage. La mère Sainte-Eustache me dit que mon mari me l'apprendrait, et qu'il n'était pas convenable qu'une vierge du Seigneur connût et fit connaître les œuvres de Satan.

Ce fut sans aucun autre renseignement que j'allais à l'autel, disposée simplement à vouloir ce que voudrait mon mari et ce qu'il pourrait....., je n'avais retenu que cela.

Le jour finissait, je pensais à Cidalise et je

redoutais la nuit. Monsieur de Volmar s'occupait
de moi de la manière la plus flatteuse, je ne pouvais être mieux disposée en sa faveur. Mes grands
parents, la mère de mon mari, me conduisirent
dans la chambre nuptiale, firent quelques plaisanteries que je ne compris pas, et fort tremblante,
fort ennuyée, je me trouvai sous le rideau avec le
maître de ma destinée. Je compris sans peine ma
honte et l'embarras d'une situation pareille, et
j'aurais cru facilement que c'était là ce que voulait
dire mon amie; mais elle n'avait parlé que de la
*première nuit*, et il me semble qu'il en fallait beaucoup plus d'une pour s'habituer à cette situation;
ce n'était donc pas cela.

Monsieur de Volmar commença par m'accabler
de louanges; il n'avait pas deviné, disait-il, une
foule de charmes qui me rendaient la plus jolie
de toutes les femmes: chaque éloge était accompagné de tendres caresses; ses brûlants baisers
m'avaient jetée dans une vive agitation; je perdais
dans mon délire le sentiment de ma timidité, et
il aurait pu, dans cet instant, m'offrir sans m'ef-
frayer, tout ce que l'hymen a de terrible..... mais
il ne m'offrit rien.....

Après deux heures écoulées rapidement, et où
il avait épuisé les démonstrations d'une volup-
tueuse amitié, il m'entoura de ses bras et s'endormit.

Je ne sais par quel secret instinct ce sommeil
me surprit et m'impatienta; je comprenais moins

que jamais les propos de mon amie, je fatiguais
vainement mon imagination, et je finis par m'endormir aussi.

Il était déjà neuf heures quand ma belle-mère
entra pour nous réveiller. Elle apportait du cho-
colat, des rôties ; elle ouvrit les volets et vint à
notre lit, embrassa son fils et moi, et me dit, avec
l'air de la surprise, que j'étais fraîche comme une
rose. Je l'assurai que j'avais dormi à merveille ;
elle sourit et fixa son fils qui rougit excessivement.
Il s'empara du déjeûner avec un air d'impatience,
qui ne m'échappa pas ; mais d'aimables caresses
dissipèrent bien vite ce léger nuage. Monsieur
de Volmar paraissait très amoureux ; c'était lui
qui m'avait appris le premier que j'étais belle, et
j'envisageais, avec un homme si aimable, les jours
les plus heureux.

La seconde nuit fut en tout semblable à la première, et depuis, Mesdames..... toutes les nuits
furent les mêmes..... à cela près des éloges et des
caresses qui cessèrent avec le temps.

Vous êtes sans doute étonnées, Mesdames, que
j'ai passé onze mois de mariage, sans éclaircir les
doutes sur lesquels tant de personnes pouvaient
m'éclaircir. Mais, quant à ma belle-mère, j'eus
lieu de croire que son fils lui avait accordé une
pleine confiance, qu'elle ne pouvait ni ne devait
trahir ; et pour toute autre, mon mari avait pris
ses mesures, pour que je n'eusse avec personne
aucun instant de liberté.

Pendant le premier mois, cette assiduité de Monsieur de Volmar, qui ne me quittait jamais, me paraissait la preuve d'un grand amour ; mais tel aimable que soit un homme, il est impossible qu'il n'y ait dans la vie quelques moments d'humeur, d'ennui ou de souffrance, où l'on a besoin d'être seul et où le témoin le plus cher doit s'éloigner ou souffrir de cette mauvaise disposition. Monsieur de Volmar ne paraissait point le sentir ; il ne me contrariait point d'ailleurs, et ne me refusait aucun amusement ; mais si j'allais au bal, il m'y accompagnait, se trouvait toujours près de moi, même lorsque je parlais à une femme : c'était une ombre sans cesse attachée à mes pas.

Cette affectation me frappa : je feignis de l'attribuer à la jalousie et m'en plaignis ; Monsieur de Volmar en versa des larmes, m'assura qu'il mourrait de douleur si sa tendresse me semblait importune ; enfin, en observant les autres femmes qui paraissaient être négligées de leurs maris, je fus la première à trouver mes plaintes injustes et j'en convins avec mon mari même.

Cette douceur le charma, et jugeant à la facilité de mon caractère que je ne m'opposerais à rien, il m'établit une surveillante qui, toujours à ses ordres, entrait dans mon appartement à l'instant même où ses occupations l'obligeaient à s'absenter.

Madame Ochar était une femme déjà d'une quarantaine d'années, fort bien élevée, mais sans fortune, et que Monsieur de Volmar me faisait

traiter à peu près sur le pied d'une demoiselle de
compagnie ; elle mangeait dans ma chambre et ne
venait que lorsqu'elle était appelée par mon mari.
Je la vis d'abord avec plaisir, et quand la confiance
fut un peu établie, je hasardai de lui demander ce
qu'elle pensait de Monsieur de Volmar..... Elle
me répondit qu'elle le croyait le phœnix des
époux.

L'empressement maladroit qu'elle mit à me
répondre et à prévenir mes questions, me prouva
que Madame Ochar était entièrement la créature
de mon mari, et j'eus moins de confiance en elle ;
je voulus plus d'une fois même l'éloigner, mais
elle me dit qu'elle avait des ordres très positifs
pour rester près de moi. Ce fut alors que la
tyrannie ne pouvant plus se couvrir d'aucun prétexte, je fus très malheureuse et retournai à l'idée
que j'avais eu cent fois qu'on me cachait quelque
chose.

Cette fois-ci je ne trouvais plus Monsieur de
Volmar si sensible à mes reproches ; il ne craignit
point de me dire qu'un si grand désir de liberté
prouvait évidemment le désir d'en abuser, que la
société de Madame Ochar devait me suffire, qu'il
ne se croyait nullement obligé de me livrer à
l'exemple et aux conseils de toutes les femmes
sans mœurs dont la ville était remplie, et qu'il lui
suffisait de se conduire assez bien pour n'être
blâmé de personne.

Cette réponse m'irrita et la plus grande froideur

s'établit entre mon 'mari et moi ; nous n'avions toujours qu'un lit, qu'une table, mais plus d'éloges, plus de caresses, nous étions déjà de vieux époux, et nous n'avions pas encore un an de mariage.

Ma santé s'altéra et le désordre qui s'en suivit dans toute la machine, amena des symptômes assez ordinaires dans un tempérament à peine formé. Monsieur de Volmar m'aimait, et la crainte de me perdre réveilla sa tendresse, ma belle-mère inquiète, décida qu'il fallait consulter sur ma situation et qu'elle amènerait son médecin.

Monsieur de Volmar avait un procès qui l'obligeait à s'absenter le matin ; je restais sous l'infatigable garde de Madame Ochar, quand Monsieur Sigidor entra. C'était à Nantes le docteur en réputation ; il me salua d'un air d'importance, demanda à Madame Ochar si j'étais l'intéressante malade pour laquelle il était appelé, me fixa les yeux, me tâta le pouls, et d'un air à demi plaisant, me dit : Ce n'est rien ; quand je dis que ce n'est rien, c'est quelque chose... mais ce mal-là vient d'un bien ; car il n'y a pas d'effet sans cause, et quand le mauvais effet vient d'une bonne cause.. .

— Pour Dieu, dit Madame Ochar que ce bavardage impatientait, veuillez bien nous dire tout de suite ....

— Je vous dirais bien avec un auteur latin.....

— Mais, Monsieur, Madame de Volmar n'entend pas le latin.

— Vous avez raison, Mademoiselle, mais vous êtes trop vive, trop pressée, et malgré mes nombreuses affaires. près d'une si charmante personne je ne regrette pas mon temps.

— Cela est fort galant, dis-je alors, mais je souffre beaucoup ce matin.

— Eh ! cela est différent, eh bien, voyons encore le pouls... pas de doute. , il y a évidence.... et de l'enflure ici, et des maux d'estomac ; en voilà encore pour quatre ou cinq mois, après cela une heureuse crise... et Monsieur de Volmar sera père d'un charmant enfant qui sera beau comme l'amour ou comme sa mère.

Là dessus Monsieur Sigidor frappa la terre de son bâton, en riant d'un air satisfait, comme quelqu'un qui vient de rendre un oracle.

Pour moi, j'étais folle de joie ; je me mis à sauter et à demander à Monsieur Sigidor s'il était bien sûr que je fusse enceinte.

— Oh ! très sûr, me dit-il, je ne suis pas un de ces charlatans, qui, pour augmenter leurs honoraires, vous cachent votre véritable mal. Je sais que tout homme est faillible, mais moi j'ai du bonheur, et je vous avouerai avec candeur, que je ne me suis *jamais* trompé.

Madame Ochar avait de l'humeur, mais elle garda le silence, et Monsieur Sigidor venait de sortir lorsque mon mari rentra. J'avais toujours beaucoup désiré un enfant, c'était au moins un ami, une société qu'on ne m'envierait pas, je

croyais d'autant moins impossible que cela fut
vrai, qu'ayant un jour interrogé là-dessus Madame
Ochar, elle m'avait dit d'un ton fort naturel, que
la conception était l'effet ordinaire d'une habitation
intime entre deux personnes de différents sexes
qui ne se séparaient pas *la nuit*

Quoique cet excès de simplicité peut vous paraître étrange, songez que je n'avais que seize ans,
que j'avais passé du couvent à l'autel, et que la
nullité de Monsieur de Volmar n'aurait guère été
plus facile à m'expliquer que sa puissance; aussi, en-
chantée et convaincue de mon nouvel état, je volai
à la rencontre de mon mari, et avec des transports
d'amitié auxquels il n'était pas habitué je me hâtai
de lui dire, en lui sautant au cou, que j'étais
grosse, et que, puisqu'il m'avait donné un enfant,
je l'aimerais toute ma vie à la folie.

Le premier mouvement de Monsieur de Volmar
fut de me repousser avec violence.

— Vous êtes grosse, madame, vous êtes grosse,
et vous avez l'audace....

Madame Ochar lui fit signe de se contenir, mais
je ne compris pas alors.

— Comment l'audace! Monsieur! j'ai l'audace,
dites-vous? Est-ce qu'il n'est pas permis à une
femme mariée de faire un enfant? où est donc le
mal, je vous prie? Oui, Monsieur, je suis grosse,
très sûrement grosse, et je le dirai à tout le monde,
et on verra enfin, si un mari qui se met en colère
pour cela, est un bon mari.

— Quel est l'animal qui vous a dit cela? reprit Monsieur de Volmar. Je nommai Monsieur Sigidor; il fronça le sourcil et me quitta brusquement. Pour moi, je fondis en larmes, et rébutée par cet excès d'injustice, la présence de Madame Ochar ne m'empêcha pas de me livrer à beaucoup de violences.

Enfin Madame Ochar qui ne savait qu'inventer, me calma par degrés et me mit au lit. J'y fus trois jours très malade; Monsieur de Volmar ne me tourmentait pas, mais me parlait avec l'air de la plus grande sévérité, comme un homme humain qui faisait un devoir de respecter ma situation.

Ma belle mère décida qu'on ferait une consultation, et l'on manda avec Monsieur Sigidor, deux jeunes médecins qui n'avaient pas encore acquis de réputation. Monsieur Sigidor leur parla d'abord en latin, ce qui ne prouvait pas que ces Messieurs l'entendissent, mais il était facile à prévoir, que de jeunes médecins, qui avaient une réputation à se faire, et qui étaient trop flattés d'être mandés avec Monsieur Sigidor, ne contrarieraient pas sa décision; ils firent aussi semblant d'interroger mon pouls et mes yeux, et conclurent également que j'étais enceinte de trois mois.

On me fit une faible saignée dont le hasard voulut que je me trouve bien, mais rien n'était aussi triste, aussi malheureux que notre intérieur. Monsieur de Volmar incertain encore, attendait l'événement; il ne me faisait aucune caresse, me parlait à peine, et me quittait moins que jamais ; d'ailleurs Madame Ochar était assez malade et ne quittait pas son lit. Un incident heureux vint ranimer mon courage.

Camille, le neveu de mon mari, arriva sans être attendu, et comptant sur la tendresse d'un oncle qui l'avait beaucoup aimé dans sa jeunesse, il lui demanda asile dans sa maison, pendant la décision d'une affaire importante qui l'attirait à Nantes. Monsieur de Volmar fut très vivement contrarié de cette démarche ; mais notre maison était si vaste et la demande de Camille si naturelle, que n'ayant aucun prétexte pour le refuser, Monsieur de Volmar prit le parti d'en cacher son chagrin ; il me présenta son neveu que je ne connaissais pas, et s'appliqua à lui cacher notre mésintelligence.

Camille avait vingt-cinq ans, une tournure charmante, une figure irrégulière, mais des yeux d'une expression telle que je n'en avais jamais rencontrés ; il me dit de ces choses flatteuses auxquelles sa position l'autorisait vis-à-vis de moi. Mais je me trompais lorsque je croyais qu'on ne connaissait pas à Nantes la jalousie de mon mari ; Camille n'y fût pas huit jours sans apprendre mille détails que j'avais toujours ignorés. D'après ces renseignements il supposa bien qu'il devait se conduire avec une extrême prudence vis-à-vis de son oncle, et faisant même à celui-ci de fausses confidences, il lui parla d'une ancienne maîtresse qu'il retrouvait avec plus d'amour que jamais. Monsieur de Volmar m'en

parla, mais je compris que Camille avait voulu se
mettre à l'abri de sa jalousie en lui donnant ces
détails. Camille ne pouvait me trouver seule un instant, mais si nous étions à l'abri des regards, ses
yeux se remplissaient d'amour, de désirs, de passions : je les entendais malgré mon peu d'expérience, et vous croirez sans peine, mesdames,
qu'avec de si grands sujets de me plaindre de mon
mari, son neveu me semblait beaucoup plus digne
d'être aimé que lui.

Je me livrais à mon inclination pour Camille
sans la craindre. J'étais depuis longtemps une
esclave qui avait perdu jusqu'à l'espérance de la
liberté. Un entretien particulier me paraissait
impossible, je trouvais un secret plaisir à être
aimée et à aimer, sans prévoir que cela pût me
conduire à rien.

Un jour que nous avions dîné tous trois ensemble, et que Monsieur de Volmar avait, comme à
l'ordinaire défendu sa porte, je m'aperçus avec surprise que Monsieur de Volmar balbutiait et fer-
mait les yeux et surmontait avec la plus grande
peine un sommeil auquel il n'était pas habitué à
cette heure. Tout-à-coup je l'entendis ronfler, et je
ne pus douter qu'il ne fût très profondément en-
dormi. Je regardai Camille avec inquiétude.

— Il dort, me dit-il, tout haut, mon adorable
amie, et ne redoutez pas qu'il se réveille de si tôt.

— Camille, lui dis-je avec effroi, qu'avez-vous
fait?

— Rien de dangereux, me dit-il, j'en suis incapable; mais j'ai versé dans le verre de Monsieur de Volmar un narcotique préparé avec soin, et qui doit le faire dormir cinq ou six heures au moins, et ce sera la première fois qu'un jaloux comme lui jouira d'un si profond sommeil.

— Mais Camille, que vous importe qu'il dorme ou qu'il veille ?

— Que m'importe, ma Cécile, que m'importe, dit-il en se jetant à mes genoux, de trouver un moment pour vous peindre mon amour, mes désirs, pour expliquer le mystère de votre situation, et vous offrir des consolations et des conseils?

Malgré le profond sommeil de mon mari, sa présence me glaçait d'effroi; Camille me rassura et m'ayant bien convaincue que sa colère n'était pas à craindre, ses transports, ses caresses me firent tout oublier. Il n'apprit pas sans une extrême surprise la colère que ma grossesse avait excitée dans l'âme de Monsieur de Volmar, et après mille et mille questions, la vérité, toute extraordinaire qu'elle était, se présenta comme un trait de lumière à son esprit.

— Cécile, me dit-il, ange de candeur et d'innocence, apprends-moi donc avec sincérité quelle preuve de tendresse et d'amour tu as reçue de ton singulier époux. Permets-moi de prendre sa place un instant et de venger ton injure, si elle est telle que je la suppose.

Mon trouble était extrême. L'amour, la curiosité, le ressentiment, me livraient toute entière à mon vainqueur, et il eut été absurde de perdre une occasion que je ne pouvais plus retrouver ; je reçus donc le plus brûlant baiser et j'y reconnus les premiers empressements de Monsieur de Volmar ; la main téméraire de Camille écarta les voiles épais qui cachaient mon sein, elle parcourut avidement tous mes charmes ; mais tout à coup, Camille, ivre d'amour, et ne songeant plus du tout au rôle d'observateur, me fait connaître les signes non équivoques du désir..... je le repousse avec un sentiment de frayeur ; il m'attire de nouveau et me fait partager son délire ; je m'abandonne sans résistance, et l'excès du plaisir me fait surmonter avec courage l'instant de ma douleur..... c'est alors qu'initiée aux secrets de l'amour, tout s'expliqua à mes yeux. Camille renouvela son hommage avec idolatrie, mais il eut le courage de sacrifier de nouveaux plaisirs, pour mettre à profit le temps qui lui restait. Il me donna un excellent conseil, que vous apprendrez tout à l'heure, Mesdames, quand vous ne serez plus inquiètes du réveil de Monsieur de Volmar.

Il était déjà fort tard quand il se réveilla, sa première question fut de savoir depuis quand Camille était parti ; il y avait effectivement assez longtemps, et ma première faute entraînant avec elle une première fausseté, je me plaignis avec humeur, en disant que de deux hommes qui se trouvaient près de moi, il fallait que l'un s'endormit et l'autre s'en fût.

Monsieur de Volmar, très inquiet, s'approcha de mon métier et observa que pour avoir travaillé si longtemps mon ouvrage n'était guère avancé.

— Je le crois bien, lui dis-je, je n'ai fait que défaire aujourd'hui.

— Vous ne ferez jamais rien de bien, dit maritalement Monsieur de Volmar.

Je manquai dire : Ni vous non plus, mais je n'en eus pas la pensée, car je craignais de me trahir.

Le lendemain, suivant le conseil de Camille, je dis à mon mari que je me reprochais de m'être écartée des habitudes de ma première éducation ; je voulus me confesser, et mon plus grand crime est sans doute d'avoir acheté mon repos par le masque de l'hypocrisie ; mais les circonstances me justifiaient, c'était l'avis de Camille, que le succès justifia. Je revins de confesse pour signifier à Monsieur de Volmar que je voulais vivre dans la plus grande pureté, et même faire lit à part, quoique restant près de lui et lui promettant tous les soins de la plus tendre sœur.

Cette résolution le surprit ; il me fit sur mon état mille questions, dans lesquelles je montrai tant de simplicité, qu'il resta convaincu de l'erreur des médecins ; il le fut davantage encore peu de jours après, lorsque l'usage de quelques bains eût rappelé le retour de ma santé. Il se reprocha alors

ses soupçons, et mes idées religieuses fixant sa
confiance en moi, il abandonna par degrés cette
surveillance qu'il ne croyait plus nécessaire. J'eus
bien peu d'occasions de me retrouver avec mon
cher Camille, mais je lui dûs pourtant quelques
jours de bonheur ; depuis ce temps j'eus des procédés plus aimables pour Monsieur de Volmar ; il
eut pour moi des soins plus tendres, et je suppose
qu'il ne me croit pas encore instruite de son triste
secret.....

FIN DE LA CINQUIÈME SOIRÉE.

## SIXIÈME SOIRÉE

E n'ai rien imaginé, Mesdames, qui pût me défendre de l'aveu que vous attendez de moi; ce serait donner trop d'importance à mon récit que de vous le faire attendre ; aussi je ne vous demande qu'un instant pour réunir mes souvenirs et mes idées...

Mon père était un médecin allemand ayant la grande réputation que donnent assez souvent les nouveaux systèmes ; il avait des partisans et des ennemis, les uns et les autres font également connaître, et il n'avait peut-être pas tort de croire que le ridicule vaut mieux que l'oubli.

Mon père était très bel homme, c'était le médecin à la mode ; il s'attachait surtout à la guérison des maux de nerfs, en cherchait les causes dans les affections morales, en trouvait souvent le remède dans les sensations physiques, et ses nombreuses expériences avaient tourné au profit d'une philosophie très indulgente, qui le rendait bien plus cher aux dames que bien des maris.

Le docteur Wuelman, occupé de sa fortune, de ses plaisirs, et donnant au célibat tous les dédommagements possibles, n'avait pas l'intention de se marier. Il fut appelé au secours d'une jolie petite chanoinesse, dont les fréquentes vapeurs alarmaient depuis assez longtemps la famille.

La pauvre enfant, sous la conduite sévère de parents très dévots, passait sa vie dans tout le délire de la mysticité ; son commerce avec les anges la conduisait à des extases ; où l'imagination épuisait ses forces, et dans la plus profonde innocence, Emma, à seize ans, avait déjà abusé de toutes ses facultés.

Mon père, touché de ses aveux pleins de candeur, ne put se défendre de l'intérêt le plus vif pour son intéressante malade. Son mal était réel et déjà si grave même, que sa guérison ne pouvait être assurée.

Emma, la plus pure de toutes les vierges, ne voulait point entendre parler de mariage ; sûr de sa discrétion, de sa parfaite confiance et même de son attachement pour lui, il profita de l'empire qu'il avait pris sur elle ; et la pauvre Emma, faible, souffrante, pensant et raisonnant peu, crut n'obéir qu'aux procédés de la médecine, lorsqu'elle était déjà initiée à tous les secrets de l'amour.

Le résultat en fut terrible : Emma devint enceinte ; et dans des circonstances qui ne permirent plus de balancer ; mon père l'enleva, l'emmena en Angleterre et l'épousa une seconde fois, mais avec toutes les formalités qui font juger si différemment de la même action.

Les parents de ma mère, furieux de voir leur fille, la chanoinesse, épouser un médecin, la deshéritèrent et firent à mon père tout le mal qu'ils purent imaginer.

Il était honnête homme, il aimait à la folie sa petite chanoinesse, et comme le climat d'Angleterre ne paraissait pas convenir à sa santé, il n'attendit que ses couches pour nous ramener en France, et se fixer à Paris.

Quoique mon père fut médecin, ma mère mourut.

Ce mariage avait jeté le plus grand désordre dans sa fortune. De longs voyages, la perte d'amis puissants qu'il avait en Allemagne, lui firent regretter vivement de s'être livré à cinquante ans, à un amour qu'il avait su maîtriser jusque-là ; et comme à tant d'autres, l'expérience lui fit faire des réflexions quand il n'était plus temps ; toutefois il ne les crut pas entièrement perdues, puisqu'il lui restait une fille, dont l'éducation serait le fruit de ses malheurs.

Il me fit porter le nom de ma mère, dont il conservait un tendre souvenir, et projeta dès lors de me faire considérer les passions sous un aspect qui m'apprendrait à jamais à m'en garantir.

Croyant voir en moi des dispositions à tout ce qui peut donner la célébrité, il s'attacha dès ma tendre enfance à m'en donner l'ambition. L'étude du latin et du grec me fit passer des jours assez tristes; mais la vanité vint à mon secours. On donna de grands éloges à de mauvais petits vers, auxquels ma grande jeunesse donnait quelque mérite.

Je devins d'abord l'oracle de quelques sociétés bourgeoises; ma petite réputation s'étendit, et mon orgueil de même : mon père avait atteint le but qu'il s'était proposé : je ne vis plus qu'avec un souverain mépris, les faiblesses d'un sexe auquel je voulais appartenir le moins possible.

Mais mon père ne voulant pas que je me bornasse à cette petite gloire littéraire, me livra à la science et surtout à celle de son art, dont il s'était fort bien trouvé, jusqu'au moment où un fatal amour avait brisé sa fortune et ses espérances.

J'obtins la permission de quitter mes habits de femme, et je suivis mon père dans tous les cours publics, les amphithéâtres, où des spectacles très pénibles me familiarisèrent avec tout ce que la pudeur d'une jeune fille lui laisse longtemps ignorer.

Malgré la petite philosophie que je croyais

avoir acquise, il m'en coûta beaucoup de surmonter cette honte si naturelle, et dont l'oubli est certainement une disgrâce que la beauté fait doublement ressortir.

Il fallait que cette impression fut bien sensible, puisque malgré mes dix-huit ans et ma figure extrêmement jolie, je ne recevais aucun hommage particulier.

J'entendais dire autour de moi : son père est fou ! quelle éducation et quel dommage ! Je répétais ces propos à mon père, dont j'étais véritablement l'amie, et qui méritait bien ma tendresse, puisqu'il me consacrait tous les moments de sa vie.

— Mon enfant, me dit-il, rien n'est plus naturel que cette opposition à mes principes : les hommes ne veulent voir dans une jolie femme qu'un être destiné à la volupté, comme à leurs plaisirs ; ils savent qu'une éducation un peu forte éclaire les femmes sur le danger de leurs faiblesses, et j'ai en effet songé à votre bonheur beaucoup plus qu'au leur ; ils ont raison de m'en blâmer.

Mon père, en me donnant les idées les plus positives sur le mécanisme de l'amour, éloignait de mon esprit tout ce que le sentiment et l'imagination peuvent y ajouter de charmes.

— Voilà le but, voilà ce qui a renversé des empires, me disait-il ; voilà ce qui a armé le frère contre le frère, l'ami contre l'ami ; voilà ce qui coûte l'honneur et la réputation à une jeune fille

et souvent la vie, même à celle pour laquelle le
plaisir est légitime ; ce n'est que cela, mon Emma,
ce n'est que cela ! vois si tu veux sacrifier à un
plaisir passager, à un mouvement du sang, l'honorable célébrité que te promet un faible empire
sur toi-même ; le sacrifice d'une fantaisie, qui
s'éteint dès qu'elle est satisfaite : je ne prétends
pas te contraindre, t'enfermer et t'inspirer par la
crainte le désir de tromper ma vigilance : connais
la valeur du plaisir, envisage ce qu'il coûte de
regrets, et je suis bien trompé si la morale peut
t'offrir des armes plus puissantes que la vérité.

Une parfaite confiance ajoutait à la force de ses
raisonnements ; et la seule chose qui m'étonnait,
fut que mon père crut nécessaire de me rappeler
souvent des dangers très certains contre un plaisir
passager, et dont l'attrait ne me paraissait pas si
impérieux qu'il me le disait quelquefois.

J'atteignais ma dix-neuvième année ; ma vie,
très occupée, était heureuse, et je n'imaginais
rien au-delà du bonheur d'être pour toujours la
compagne et l'amie de mon père ; lui-même, ne
doutant pas de ma résolution, me tint un jour ce
discours :

— Emma, tu as répondu à mes soins au-delà de
mes espérances ; une instruction très rare dans les
personnes de ton sexe, te prépare des jouissances
pour toutes les époques de ta vie ; ton âme est forte,
mais elle est restée sensible, même en devenant
incapable de faiblesse ; je ne crains plus la surprise

de tes sens, ni les pièges de la vanité; ta raison a tout prévu, et ta jeunesse n'est plus que sur ta charmante physionomie.

— Mon père, lui dis-je, modérez ces éloges; je n'ose encore m'en croire digne; mais je suis votre ouvrage; que je perde la vie avant de vous causer le moindre chagrin.

Mon père me serra contre son cœur.

— Ecoute, Emma, me dit-il, j'ai perdu en quittant l'Allemagne une partie de ma fortune; il nous reste pourtant une assez grande aisance. Je n'ai que toi, mais puisque tu me parais décidée à ne point te marier, je veux augmenter notre bien-être; je vais retourner en Allemagne voir en quel état se trouvent les propriétés que j'y ai laissées; je vendrai tout, j'en placerai les fonds sur ta tête en viager, et tu auras soin de ton vieux père jusqu'à la fin de ses jours.

Je baisai la main de mon père, et la posant sur mon cœur avec l'expression la plus vive, il comprit par mon silence même avec quelle sincérité je prenais l'engagement de lui consacrer ma vie.

Pourtant mes larmes coulèrent, j'allais me séparer, pour la première fois de ma vie, d'un père adoré.

— Point de larmes, me dit mon père; quand la raison a parlé, il faut vouloir ce qu'elle exige.

Et il ne songeait plus qu'aux arrangements qu'exigeait une absence de quelques mois.

Monsieur et Madame d'Argensi étaient au nom-

bre des amis les plus intimes que mon père eut
faits à Paris : de la fortune, de la considération,
une place honorable les y fixaient ; deux garçons,
déjà âgés de vingt à vingt-cinq ans, devaient courir
la même carrière, pourvu toutefois que leur inclination les y portât.

Madame d'Argensi, femme d'un grand mérite,
m'aimait beaucoup et elle n'avait pas entièrement
approuvé l'éducation de mon père ; telle qu'elle
fût, la sagesse en était le fruit, et remplie de confiance en moi, elle pria mon père de me laisser
jusqu'à son retour chez elle, où elle me traiterait
comme sa propre fille, à la seule condition pourtant, que je reprendrais les habits de mon sexe,
ce qu'elle trouvait infiniment plus décent, comme
plus favorable aussi aux agréments que la nature
développait en moi chaque jour.

Je connaissais beaucoup les fils de Madame
d'Argensi ; mais comme vous ne les connaissez
pas, Mesdames, je vous en dois le portrait.

Gustave, l'aîné des deux, était grand, très bien
fait et d'une figure remarquable, quoique fort
brun : son air presque dur prenait l'expression la
plus aimable, quand il laissait voir des dents,
dont l'émail et la régularité étaient parfaits ; il
était gai, plein d'esprit et de talents agréables.
C'était le favori de ses parents.

Eugène était d'une taille moyenne, des cheveux
châtain clair, de grands yeux bleus très tendres,
un teint superbe pour la blancheur, mais pâle, et

donnant à sa figure une expression de langueur et
de mélancolie ; tous deux étaient fort bien, mais
l'étaient fort différemment.

Ce fut à qui, dans la maison de Madame d'Argensi, prendrait le plus soin d'affaiblir la douleur
que me causait l'éloignement de mon père. La
musique, la lecture et tous les efforts obligeants
de l'amitié me furent prodigués ; cette intimité
développa en peu de jours la passion de Gustave
pour moi.

Si Madame d'Argensi croyait qu'il était inutile
de me surveiller, Gustave était très loin de partager cette intime conviction de ma vertu ; il se
bornait à croire que j'avais été mal attaquée, et que
le moment qui devait soumettre mon cœur n'était
pas encore arrivé ; en conséquence il étudia mes
goûts, mon caractère, et croyant voir que la vanité
avait été toute ma vie le mobile qui m'avait soutenue, il vanta mes charmes avec une exagération
que je n'avais jamais rencontrée.

Je n'y étais pas insensible tout à fait ; la toilette
m'intéressa davantage, l'étude m'occupa moins.
Gustave, sans cesse occupé à me distraire, m'inspirait un enjouement qui m'était inconnu jusqu'a-
lors, et je n'observais pas sans inquiétude la tristesse, au contraire, qu'Eugène ne pouvait surmonter ; je ne l'attribuais qu'à sa santé ; mais je devais
le croire atteint d'un mal fort grave, d'après le singulier éloignement qu'il montrait pour tous les
plaisirs ; Gustave m'amusait, me plaisait plus

qu'Eugène ; mais Eugène m'intéressait bien davantage.

Quand il ne se trouvait pas au déjeûner, qui nous réunissait en famille le matin, je craignais d'apprendre qu'il ne fût malade ou absent ; mes yeux se portaient cent fois sur la porte par laquelle il devait entrer ; je n'entendais pas un mot de ce qui se disait autour de moi, et je ne sais par quel embarras secret, je n'osais demander à personne où il était.

Si, de mon côté, je ne faisais aucune attention sur ce qui se passait dans mon âme, Gustave était trop présomptueux pour le deviner. Attaquant avec l'arme du ridicule qu'il maniait à merveille, les principes dans lesquels mon père m'avait élevée, nous avions ensemble les discussions les plus vives ; mais il ne me ramenait aucunement à ses idées : ce n'était entre nous que des jeux d'esprit que j'aimais, parce qu'ils me faisaient briller, et qu'il recherchait dans la pensée qu'il parviendrait à me convaincre un jour.

Eugène était très souvent présent à nos entretiens sur la sagesse et sur l'amour, mais il n'y prenait aucune part. Le but de son frère n'était pas douteux pour lui, et il en attendait le succès avec moins de doute que d'affliction.

Gustave, accoutumé à réussir assez promptement auprès des dames, se lassa bientôt des moyens indirects par lesquels il avait voulu me faire deviner sa passion ; il m'en fit l'aveu avec toute la chaleur, toute l'ivresse qui pouvaient m'en convaincre ; et après, la connaissance qu'il avait de mon caractère et de mes principes, son espérance me parut la chose du monde la plus ridicule.

Je lui répondis avec une gaieté à laquelle il eût sans doute préféré la colère ; il en fut mécontent, mais non découragé. _

Pour Eugène, il ne me disait aucun mot d'amour ; mais il semblait que je fusse son unique pensée : si je trouvais sur ma cheminée les fleurs les plus riches et les plus rares, je les devais à Eugène ; si je prenais ma harpe, elle était remontée, accordée, et c'était Eugène ; mes plumes se trouvaient taillées, mes livres renouvelés, c'était toujours Eugène, qui semblait n'avoir aucune autre affaire que les plus minutieux détails de mes besoins ou de mes plaisirs.

Comment ne pas être sensible à cette douce et discrète amitié, qui ne demandait aucun retour, qui n'exigeait, qui n'espérait rien ; je commençais à me méfier de Gustave : je ne le craignais pas, mais je ne pouvais souffrir qu'il me parlât sérieusement de son amour. Cette joie innocente qui m'avait souvent conduite à folâtrer avec lui, par suite de nos relations intimes, devenait impossible depuis qu'il en abusait, soit pour me ravir un baiser ou tenter d'émouvoir mes sens par quelqu'autre entreprise de la même nature.

Beaucoup plus hardi qu'Eugène, il s'était mis en possession de mon bras dans nos promenades ;

mais je cherchais mille prétextes pour le quitter, et retrouver celui du modeste Eugène, qui ne l'offrait pas le premier, mais qui paraissait au comble de ses vœux, quand je daignais m'appuyer légèrement sur lui.

Gustave, plus impatient qu'amoureux, et craignant le retour de mon père dont j'avais souvent des nouvelles, imagina, de brusquer l'aventure, et de me devoir à la crainte, s'il ne me devait pas à l'amour.

Il se cacha un soir dans un cabinet obscur, qui se trouvait derrière mon lit, et attendit que je fusse couchée pour me surprendre, quoique l'appartement de sa mère donnât précisément dans le mien.

J'avais éteint ma lumière, et je venais de m'endormir, quand un léger bruit me réveille... c'est Gustave.

— C'est votre amant, dit tout près de moi une voix qu'il me fut facile de distinguer.

— Vous ! Gustave ! vous ! quelle audace ! qu'espérez-vous de moi ?

— Me livrerez-vous au ressentiment de ma mère ?... Emma, parlez plus bas, j'ai un secret à vous dire.

— Sortez à l'instant !

— Par la chambre de ma mère? Emma vous savez combien elle est craintive, je la ferais mourir d'effroi, à cette heure et dans ce costume ; — et il me fit distinguer, au clair de lune, une simple robe de chambre de basin. Quel trouble, quel scandale nous ferions dans la maison ! Pour Dieu, écoutez-moi.

— A cette distance, lui dis-je en lui indiquant la cheminée qui était le lieu le plus distant de mon lit.

Mon ton rempli de colère lui fit craindre que je ne menageasse rien, et il s'éloigna.

— Gustave, lui dis-je en me rassurant, vous êtes le plus téméraire et le moins dangereux de tous les hommes ; de vaines considérations ne me feraient point manquer à l'honneur, si vous osiez m'insulter ; dans un instant mes cris éveilleraient votre mère, et dès demain je quitterais cette maison ; mais si je puis éviter l'odieux état auquel vous m'exposez, je le préfère encore et je vous permets de rester.

— Oui, dit Gustave, qni crut que par cette condescendance, ma volonté lui devenait plus favorable, je veux rester à vos pieds, vous peindre la vive passion qui m'a tout fait braver pour arriver jusqu'à vous ; Emma, Emma, soyez sensible...

En disant cela, il osa se rapprocher, me prendre dans ses bras, fermer ma bouche par un baiser qui étouffa ma voix.

Furieuse, hors de moi, je me trouvai des forces surnaturelles : je le repoussai avec la plus grande violence, et bravant même l'inévitable inconvénient de me lever en chemise, je courus m'emparer de la porte en lui jurant de l'ouvrir, s'il avait la témérité de m'approcher.

Ma résolution était trop sincère pour qu'il en pût douter, il essaya vainement de me fléchir, me supplia de me recoucher ; je dédaignai de lui répondre, et malgré cette situation pénible, je restai cinq heures de suite debout devant cette porte ; j'attendis que j'eusse entendu lever et sortir Madame d'Argensi ; alors l'ouvrant précipitamment, j'ordonnai à Gustave de s'en aller, s'il ne voulait pas encourir des désagréments, dont aucun succès ne pourrait le dédommager.

Gustave céda et sortit, la rage dans le cœur. Une heure après, il feignit de recevoir des lettres d'un ami malade qui l'invitait à venir le retrouver.

Madame d'Argensi ne s'opposa pas à ce petit voyage, Gustave partit.

Cette résolution était tout ce qui pouvait m'être le plus agréable ; une douce inquiétude s'y joignait pourtant : j'allais me trouver plus souvent près d'Eugène ; lorsqu'il me proposa son bras pour descendre au jardin, j'hésitai, je me sentis rougir et je dus craindre qu'Eugène ne devinât la cause de ce trouble involontaire, à l'expression du bonheur qui se peignit un moment sur sa physionomie.

— Emma, me dit-il, mon frère vient de partir, vous le savez ; il m'a chargé de vous remettre une lettre.

— Qu'a-t-il à me dire de secret ? Eugène, pourquoi vous en êtes-vous chargé ?

— C'est l'expression de ses remords ! Emma, je sens trop combien votre juste colère doit le rendre malheureux pour ne pas solliciter un généreux pardon.

— Quoi, Eugène, vous savez ?

— Oui, Emma, je sais tout, votre vertu n'a pas besoin de cette épreuve à mes yeux.

— Ma vertu, Eugène, ma vertu ! peut-on donner ce nom à ce qui coûte un si léger effort ? Je n'aime point Gustave, et son audace...

— Vous n'aimez point Gustave ? dit Eugène avec feu.

— Souhaitez-vous donc que je l'aimasse ?

Eugène couvrit ses yeux de ses deux mains, ses genoux fléchirent, il fut forcé de s'appuyer sur le premier arbre qui se trouvait sur notre chemin.

Je ne lui demandai point ce qu'il éprouvait... je l'avais entendu.... mon trouble égalait le sien.

— Eugène, m'écriai-je, je suis perdue.

— Perdue, dit-il, vous, perdue : la femme la plus sage, la plus sincèrement vertueuse ! qui vous fait ainsi douter de vous-même ? non, ne redoutez rien, ce n'est pas d'aujourd'hui que je vous adore comme une divinité : si j'y trouvais mon bonheur, quand le poison de la jalousie coulait dans mes veines, aujourd'hui que vous me dites : *je n'aime point Gustave....* Ah ! Emma, m'avez-vous déjà rendu barbare, quand le malheur de mon frère est le comble de ma félicité ?

— Eugène, voilà les passions, voilà bien ce que

m'a dit mon tendre père ; voyez, mon ami, mon trouble, le vôtre, ces jours d'innocence et de tranquillité sont-ils finis pour nous ?

— O ! Emma, gardez-vous de croire que je forme un vœu indigne de vous ; je ne combattrai ni vos résolutions, ni vos principes : les engagements que vous avez pris fussent-ils téméraires même, j'en deviendrai l'appui.

— Vous, Eugène, vous le pourriez ?

— Je vous en fais le serment.

— Ah ! Eugène, ma vie ne commence que d'aujourd'hui.

Dès ce moment je me livrai à la douceur d'aimer mon aimable ami ; j'avais douté de moi-même, je ne doutai pas de lui, et n'ayant jamais porté mes idées et mes craintes, que sur la dernière épreuve de l'amour, je me livrais avec sécurité au sentiment qui y conduit.

Deux mois s'étaient déjà écoulés, et jamais liaison n'avait montré tant de bonheur et d'innocence ; nous nous étions rigoureusement interdit la plus légère caresse ; mais quels tendres soins, quelle confiance sans bornes, nous assuraient réciproquement de notre tendresse ! quels beaux jours s'écoulaient !

Oserai-je l'avouer ? je redoutais le retour de mon père : quelle distraction, quel intérêt que l'amour.

Pourtant Eugène, qui m'avait paru si heureux les premiers jours après le départ de son frère, avait repris toute sa mélancolie ; ses yeux battus annonçaient chaque matin l'entière privation de sommeil. Sa mère inquiète me disait en versant des larmes : Je perdrai mon Eugène ! qu'a-t-il, chère Emma ?

Un soir qu'il paraissait plus souffrant qu'à l'ordinaire, je lui dis d'un air grave : suivez-moi, Eugène, il le faut.

Eugène me jeta un regard inquiet, et nous allâmes en silence jusqu'à l'entrée d'un charmant bosquet qui était à l'entrée du jardin.

— Je n'y puis résister, Eugène, votre chagrin me tue, ouvrez-moi votre cœur ; ou la vie m'est affreuse, ou je ne crois plus à votre amour pour moi.

— Chère Emma, croyez-vous que si mon cœur renfermait un secret que je pûsse trahir sans crime, vous n'en seriez pas depuis longtemps dépositaire ; gardez-vous de m'interroger, il vous sera plus doux de pleurer Eugène innocent, que de le consoler en le rendant criminel.

— Je n'entends point ce langage, Eugène, quelque soit votre secret, c'est à tes pieds que ton amie, que ton amante en demande l'aveu. Et je me jetai à ses genoux.

— Que fais-tu, Emma, que fais-tu ? Ah ! relève-toi, épargne-moi, ma mort doit-elle te causer tant de trouble ; si tu me coutes la vie, au moins, un moment, tu me l'auras rendue chère.

— Eugène, Eugène, c'est moi ? c'est moi, dis-tu ?

— Oui, ma divine amie, j'ai tenté l'impossible, être sans cesse près de toi, te voir, t'adorer et vivre sans toi .... sans en concevoir même l'espérance, c'est au-dessus des forces humaines; c'est la mort seule qui peut terminer cet horrible combat.

— Eugène que m'avais-tu promis ?

— De te rappeler tes résolutions, les promesses de ton père, ce que te commande ta réputation, ta gloire, la vertu ; plus que jamais je te conjure d'en garder le souvenir.

— Et ton désespoir, Eugène, tes souffrances ?

— Laisse-moi mourir, je n'ai pas cherché ta pitié, tu le sais.

— Cruel ami, penses-tu que je puisse soutenir cette idée, te survivre un seul jour.

— Emma, pense à ton père et fuis moi.

— Je pense à ta santé, à ta vie, je suis à toi ; parle, Eugène, forme un vœu, un désir.... appelle-moi dans tes bras, je t'appartiens.

— Emma, tais-toi, ne me répète pas cet aveu, ne me dis pas d'oser.

— Eugène, ton bonheur est-il en ma puissance ?

— Emma, la colère de ton père...

— Oui, oui, Eugène, rappelle-moi la colère de mon père, le sacrifice de ma réputation, la vengeance du ciel, s'il le faut ; voilà ce que je veux risquer, échanger contre un instant de ta félicité ; Eugène !

Et la pâleur de la mort était sur son front.

Il tombe évanoui dans mes bras et il me semble qu'il expire. Ma bouche presse ses lèvres glacées, je l'appelle en vain, il ne m'entend plus ; j'arrache le voile qui couvre mon sein, j'appuie mon cœur contre le sien, mes bras l'entourent, mes baisers, mes larmes se confondent, je sens renaître une douce chaleur : Eugène, mon ami...

— Puissance divine, dit-il en m'attirant à lui... et l'univers est oublié, anéanti par le bonheur... nous n'appartenons plus à la terre... Pas un mot, pas un soupir, tout langage est trop faible ; ah ! tous deux nous avions assez vécu !

Nous regagnâmes la maison en silence et ce ne fut qu'à la porte de mon appartement qu'Eugène, baisant avec respect ma main, me donna le doux nom de *son épouse*, devinant assez que l'idée du devoir serait la seule qui pût apaiser mes regrets ; mais cette force de caractère que mon père avait voulu m'inspirer contre les passions, tourna au profit même de l'amour. Je n'avais pas cédé à l'idée du plaisir, j'avais sauvé Eugène, il était heureux, ma destinée me semblait remplie... et je ne regrettais rien.

La présence de mon père qui arriva peu de jours après, me causa pourtant un trouble extrême, mes plus tendres caresses portaient un caractère d'inquiétude et de soumission ; il s'en aperçut et m'interrogea. Je ne savais jusqu'où pouvait aller son ressentiment ; mais dût-il exposer ma vie même, je n'avais pas eu une seule minute la pensée de le tromper et d'usurper des éloges que je ne méritais plus.

— Mon père, lui dis-je, je suis coupable, j'aime à l'idolâtrie ! l'amour m'a vaincue, j'ai trompé vos espérances ; heureuse en ce moment de dépendre de vous; daignez me pardonner, le reste de ma vie vous appartient.

... Exaltée par la force, par le danger même de cet aveu, je n'eusse pas détourné la tête, si mon généreux père eût été capable de la frapper ; mais mon père connaissait le cœur qu'il avait formé, il le croyait exempt d'une faiblesse ordinaire, et je n'eus à soutenir que les larmes paternelles dont mon visage fut bientôt couvert.

Quelle punition en effet, que les larmes d'un père !

Je n'ai donc pu te sauver, mon Emma Ce fut le seul reproche qui sortit de sa bouche.

Eugène entra ; un seul moment lui fit connaître ce qui venait de se passer ; il restait immobile, n'osant même pas tomber aux pieds de mon père, auquel j'avais déjà fait connaître mon vainqueur.

— Eh bien ! mon fils, dit avec douceur mon respectable père.... Ce fut alors qu'embrassant tous deux ses genoux, notre tendresse, notre respect, adoucit l'amertume de ses larmes.

Mon père n'avait pas encore conclu la vente de ses biens ; il m'en fit l'abandon absolu, et se mit à la discrétion même de l'époux que mon cœur avait choisi ; mais quand je craignais qu'il n'eût regret

un jour de cet excès de confiance, il me disait :
Emma, dois-je craindre de confier ma fortune à
qui tu as confié ton honneur ?

Madame d'Argensi vit sans peine notre union ;
mon père mourut entre nos bras ; je perdis aussi
le plus tendre des époux, et mes aveux, Mesdames,
réveillent encore de bien sensibles douleurs.

Madame de Marsan regretta d'avoir exigé cette
confidence ; nous nous séparâmes avec tristesse :
l'amour n'est pas toujours un jeu ; mais, qui
n'aime pas à soupirer quelquefois.

FIN DE LA SIXIÈME SOIRÉE

# SEPTIÈME SOIRÉE

'EST à mon tour, dit de fort bonne grâce Madame de Courville : plus les aveux sont difficiles, Mesdames, et plus, sans doute, vous saurez gré de la sincérité ; c'est donc une idée fort sage que de tourner le souvenir du plaisir au profit de l'amitié.

J'ai reçu la plus mauvaise éducation, Mesdames ; dois-je me permettre de m'en plaindre, quand je la dus à la faiblesse, à la bonté d'un père dont j'étais l'idole, et qui croyait compromettre ma vie en me faisant éprouver la plus légère contrariété.

Ma mère, qu'il avait beaucoup aimée, perdit la vie en me mettant au monde, et mon père, vivant à Paris, y jouissait de l'existence heureuse, que lui donnait la place commode et lucrative de fermier-général.

On m'entoura de domestiques complaisants, dont la disgrâce était assurée dès que je me plaignais d'eux, et je le faisais dès qu'ils étaient un moment contraires à mes caprices. J'apprenais pourtant avec tant de facilité, qu'il semblait que la nature même n'osât pas me faire acheter trop cher les petits talents que me faisait apprécier la vanité, à une époque où l'on s'occupait beaucoup moins du bonheur des enfants qu'aujourd'hui. Mes maîtres recevaient de mon père des distinctions et des récompenses quand ils avaient trouvé une méthode amusante, et le grand art de mon médecin lui-même, était de ne me proposer que des remèdes agréables, qui n'eussent pas ma répugnance à surmonter.

Accoutumée ainsi à croire que tout devait se rapporter à ma personne ou à se corriger pour moi, je devins insupportable, sans m'apercevoir même que je n'étais pas aimée.

En effet, la première impression m'était toujours favorable ; très belle de figure, grande et faite à ravir, dansant bien, chantant à merveille, je plaisais à tout ce qui avait le bonheur de m'être étranger, et je croyais en tirer une preuve contre tous ceux qui, me voyant de plus près, ne pouvaient vivre avec moi.

Mon père en concevait de légères inquiétudes et me montrait un peu de sévérité ; mais, dans ce cas-là, je prenais tout de suite le parti d'être malade, et il rachetait par de nouvelles complaisances ce qu'il croyait avoir à réparer pour ma santé et mon bonheur.

Je voulus jouer la comédie en société, monter à cheval, m'habiller en homme. Mon père approuvait tout, et admirait de très bonne foi cette active imagination qui m'éclairait de si bonne heure sur tous les moyens du plaisir ; mais, comme l'a déjà observé une de ces dames, la dissipation est le plus grand préservatif contre l'amour.

Mes maîtres, ma toilette, mes amusements remplissaient avec tant d'intérêt tous mes instants, que je ne restais pas un instant seule avec moi-même, et ne sentais encore, ni mes sens, ni mon cœur.

Si je l'ignorais, quant à l'amour, la plus vive amitié y trouvait place pourtant, et Madame d'Origni avait en moi l'amie la plus passionnée, quoique mon dévouement ne pût paraître égal au sien.

Madame d'Origni était une jolie petite veuve de vingt-huit ans, assez maltraitée par la fortune, mais douée par la nature de tout ce qu'elle a de plus séduisant ; vive, sémillante, pleine d'esprit, de grâces ; un véritable caméléon, dans lequel on trouvait tour à tour la folie, la sagesse, la témérité et le sentiment.

Elle ne dissimulait pas quelque jalousie sur la

beauté des autres femmes, d'où il fallait conclure
que l'éloge continuel qu'elle donnait à la mienne
partait d'un sentiment profond, qui place toute sa
vanité dans ce qu'il chérit le plus.

Mon père, qui était veuf et qui avait besoin
qu'une femme m'accompagnât dans le monde, se
livra sans réserves à l'amitié de Madame d'Origni.

Il n'était pas douteux qu'elle ne fût sage : à la
ville, à la campagne, nous étions inséparables ;
elle était recherchée de tout le monde, et soupçonnée de quelque coquetterie ; mais quand mon père,
qui devenait vieux, l'entendait plaisanter sur les
ridicules et les prétentions des jeunes gens, il ne
pouvait s'empêcher de l'estimer, et de trouver un
grand mérite dans une jeune femme qui voyait si
bien, et restait, malgré sa liberté, si fidèle à la
vertu.

J'ai dit que Madame d'Origni était sans fortune;
il se présenta un parti assez convenable, elle ne
nous en parla pas ; mais mon père le sut indirec-
tement.

— Ma chère Clarisse, lui dit-il, votre refus
m'étonne beaucoup, Monsieur de Meilfort, sans
être fort riche, a une fortune indépendante et honnête, et il est assez bel homme et presque du même
âge que vous.

— Je sais tout cela, dit Madame d'Origni, mais
je vous supplie de ne me parler, ni de lui, ni d'aucun autre. Je ne trouve rien de si imprudent que
de changer son sort quand il est heureux ; et je ne

connais aucun homme au monde, auquel je vou-
lusse donner le droit de m'éloigner une heure de
votre fille ou de vous.

Mon père baisa, pressa sa main, et ce fatal instant décida de toute ma vie.

— Lucette, me dit mon père le lendemain, quel
sacrifice nous fait ton amie ! Tu sais, ma fortune
est considérable, trouve avec délicatesse quelque
moyen d'améliorer sa situation ; c'est un devoir
que son dévouement nous impose, te coutera-t-il
à remplir ?

Je témoignai la joie la plus vive ; j'osai m'expliquer avec Clarisse, elle refusa tout, et je m'aperçus
bientôt d'un changement très frappant dans l'humeur de mon père.

Il tombait dans des rêveries profondes : si par
quelqu'accident la voiture qui allait chercher Madame d'Origni, était retardée de quelques instants,
il se mettait dans une colère affreuse contre ses
gens. Il aimait ce que Madame d'Origni aimait,
haïssait ce qu'elle n'aimait pas, et chaque jour lui
donnait dans la maison un empire, que l'amitié ne
permettait pas de lui disputer ; d'ailleurs, Clarisse
ne l'employait que pour mon bonheur et allait au
devant de tous mes désirs ; enfin, je crus entrevoir
moi-même un attachement si profond dans Madame
d'Origni pour mon père, que, pensant les pénétrer tous deux, j'attachai ma gloire à devenir l'ar-
bitre de leur bonheur.

Ce fut moi-même qui engageai mon père à

l'épouser; je lui observai avec douceur que si j'avais l'affreux malheur de le perdre, je resterais à la merci de parents éloignés.

Mon père se rendit, et m'accabla de caresses et d'éloges. Madame d'Origni fut plus difficile à persuader ; elle montra le plus grand désintéressement dans les arrangements d'intérêt ; mais sa générosité fut un titre de plus à la nôtre, et Madame d'Origni devint ma belle-mère, à notre égale satisfaction à tous.

Je n'avais que seize ans encore, mais mon père, infirme déjà, et qui ne rajeunissait pas dans les bras d'une jeune femme *très exigeante* me pressa de faire un choix, parmi tous ceux qui recherchaient ma main.

Je jetai, pour la première fois, un coup-d'œil intéressé sur mes adorateurs et sur tous ceux que l'existence de mon père attirait à la maison ; le chevalier Deloc était un de ceux qui paraissaient faire le moins d'attention à moi.

Sa tournure était charmante, sa figure très expressive ; mais son regard sérieux venait souvent réprimer les éclats de ma gaieté et de mon étourderie ; il était le dernier à m'offrir de m'accompagner, le dernier à danser avec moi ; sa froideur me piqua, et je dus au dépit mon premier sentiment.

Peu accoutumée à me vaincre, la vanité me donnait en vain le conseil de le dissimuler; je cherchais le chevalier, je l'attirais, et ma belle-mère, confidente de mon amour, m'assura qu'elle le sonderait, et le déciderait en ma faveur.

Elle m'assurait que j'étais aimée, mais que le chevalier, inquiet de ma légèreté naturelle, voulait la soumettre à une assez longue épreuve, après laquelle il parlerait à mon père.

Hélas ! ce fut au milieu de ces beaux projets que je le perdis. La goutte l'étouffa un an après son mariage avec Madame d'Origni, qui cessa de se contraindre, dès qu'il fut expiré.

— Pensez-vous, me dit-elle, qu'un homme auquel il reste un peu de jugement, soit fort pressé de prendre pour sa compagne, une jeune fille indépendante, étourdie, coquette, infatuée de sa petite personne et pétrie de ridicules.

— Clarisse, ma chère Clarisse, que ce langage est nouveau pour moi, après une si longue, une si tendre amitié.

— J'ai dû respecter les faiblesses de votre père ; quand aucune considération ne m'y oblige en ce moment, je ne vous dois plus que la vérité.

Mes larmes répondirent à ses outrages, mais sans en être émue, ma belle-mère exerça sur moi la plus sévère autorité. sans me cacher même que le chevalier lui plaisait, et que c'était elle qui, par ses discours, l'avait éloigné de moi.

De plus, il venait de retourner à Lyon; où était sa famille. Je n'espérais plus le revoir, ni le désabuser de la prévention défavorable qu'il avait prise contre moi, car je puis dire que je cessais chaque jour de la mériter.

Mes premiers chagrins avaient amené des réflexions utiles, et le désir d'obtenir l'amour et l'estime du chevalier, m'aurait rendue capable des plus grands efforts.

Enfin, ma belle-mère mit tant d'art à me tourmenter, que la vie me devint odieuse, et ne doutant pas qu'il n'y eût une époque où elle serait contrainte de me rendre compte de ma fortune, je formai le plan le plus extravagant, et je l'exécutai sur-le-champ.

Je gagnai avec de l'argent un bon Savoyard, qui était frotteur de la maison ; je lui fis des demi-confidences, et il dut me chercher avec beaucoup de secret, un joli uniforme de hussard, que je payai tout ce qu'on voulut.

Sous un nom supposé, il me retint une place à la diligence de Lyon, qui partait dans la nuit, et, m'étant munie des diamants de ma mère, dont j'étais depuis longtemps en possession, et que ma belle-mère n'avait pas encore osé me retirer, j'attendis minuit avec la plus vive agitation.

Mon seul projet était de revoir le chevalier, dont je m'obstinais à me croire encore aimée. Je voulais me venger de ma belle-mère, et lui faire connaître par quelle adresse elle était parvenue à épouser mon père, à jouir d'une grande fortune, et à se livrer ensuite à la jalousie que lui inspirait ma beauté. Ensuite, en fille aveuglement conduite par l'amour, je voulais que le chevalier dictât ma conduite, ne doutant pas que tant de confiance et de dévouement ne m'assurât à jamais de son cœur.

Quand l'idée la plus ridicule sert une passion violente, on ne peut comprendre comment elle s'offre à notre esprit ; je ne trouvais que de l'héroïsme et du courage dans ma résolution.

Madame d'Origni était un peu malade ; il me fut facile de la quitter de bonne heure, et, secondée par mon Savoyard qui, chargé de mes bijoux et de quelques effets, m'attendait à la porte du jardin, je me rendis sans nulle escorte à la diligence, parfaitement déguisée, sous un uniforme qui me seyait très bien et qui m'était assez familier par l'habitude que j'avais eue de très bonne heure de m'habiller en homme et de monter à cheval ; je donnai quatre louis à mon Savoyard, qui me garda le plus profond secret, et j'entrai de nuit dans la diligence, si tremblante, si effrayée, qu'il ne me vint pas à l'esprit de m'informer auparavant comment elle était composée.

On ne se voyait point, la nuit était profonde, on m'indiqua ma place, et mon petit bonnet de hussard baissé sur les yeux, je feignis de suite de m'endormir, pour éviter de parler, et pour prendre quelques idées de ce qui m'entourait.

Je n'entendis d'abord que des voix d'hommes, et mon trouble s'en augmenta ; je vis pourtant, quand le jour parut, une bonne vieille femme du

peuple, tapie dans un coin, mais très infirme, et
sourde à ne pas entendre la voix la plus forte des
valeureux guerriers, au milieu desquels mon étoile
m'avait placée.

Nous étions huit en me comptant; cinq bas-
officiers, le major du même régiment, la vieille et
moi.

— Nous avons là un camarade bien taciturne,
avait dit un de ces Messieurs, en me regardant
sous le nez.

— Oh! dame, dit un autre, on quitte peut-
être Paris pour la première fois, on laisse sa
bonne maman, sa bonne amie; mais f... ., dit-il
en jurant, il y a des femmes partout, ce ne sont
pas toutes des marquises, il est vrai, mais quand
on a fait seulement deux ou trois campagnes on
n'est pas si délicat, on prend ce que l'on trouve et
on s'en trouve bien.

Le caporal continua sur le même ton, et je com-
mençai à croire que ce n'était peut-être pas une
action bien prudente que de me sauver ainsi dans
une diligence avec un déguisement que ma timidité pourrait très bien trahir.

Je fis un effort, je dis quelques mots et on cessa
de s'occuper de moi.

Les premiers rayons du jour éclairèrent bientôt
la figure de tous les voyageurs. Quelques-uns
s'étaient livrés au sommeil : le major était du
nombre, ce qui me permit de l'observer un peu
mieux.

C'était un homme de vingt-huit ou trente ans, grand, bien fait, mais d'une figure délicate et distinguée.

Il ne paraissait pas que cet enfant de Mars eût encore beaucoup bravé l'influence de l'air et des climats ; son teint était superbe, de longues paupières cachaient en ce moment des yeux que je pouvais soupçonner très beaux, et le peu de paroles par lesquelles il s'était joint à la conversation de la nuit, annonçait de l'éducation et une gaieté du meilleur ton.

Ces découvertes me donnèrent quelques consolations. Un officier français ne se refuserait pas sans doute à devenir le protecteur d'une femme, si mon sexe venait à être découvert ; et c'est toujours sur la physionomie que s'établissent les premières impressions de confiance et d'amitié.

Mes observations m'empêchaient d'être aussi attentive à celles dont j'étais l'objet ; mes compagnons d'ailleurs ne faisaient pas de phrases ; l'un, en regardant mes mains délicates et blanches, disait : Diable !...

L'autre : Ce serait bien dommage !

— Ce n'est pas là du gibier fait pour le canon.

Pourtant je perdis de vue le major, et jetant un coup-d'œil sur ces Messieurs, je rougis à perdre toute contenance.

Un éclat de rire général réveilla l'officier qui, me fixant d'un regard très pénétrant, ne douta pas d'une minute, qu'il ne fût près d'une jolie fille, ressemblant même fort peu à un officier de hussards.

Les plaisanteries continuaient et on me demanda même où étaient mes moustaches, quand tout à coup le major s'écria :

— Eh bon Dieu ! c'est toi, Marcel, c'est toi, cher petit cousin ? Tu as donc quitté le petit collet ? Que signifie cet uniforme ? Mais embrasse-moi donc ! Ne reconnais-tu pas le major Hamlin ?

Et voilà le major qui m'embrasse, et moi, qui sentant tout le besoin de son appui dans de pareilles circonstances, je n'ose pas le démentir, et saisis avec joie son idée.

— Vous m'avez trahi, cousin, dis-je au major, je suis un échappé du séminaire ; mais je suis perdu si mes parents me retrouvent, et si la discrétion de ces Messieurs.....

— Par tous les saints du Paradis, disent tous ces braves, plutôt mourir que de vous causer le moindre chagrin, il vaut mieux servir la patrie que l'Eglise

— Oui, dit le caporal, si on tue des hommes, on en fait d'autres ; le petit hussard n'a pas trop l'air de l'ange exterminateur ; mais quand il aura vu le feu...

— Allons, allons, Marcel, reprit le major, ris avec nous et ne fais pas le scrupuleux ; ces braves guerriers ne sont pas des moines.

— Non, non, mais nous avons dévotion à la Vierge.

—Ah ! bon, oui, la vierge.

Le major fit un signe et reprit gaiement :

— Allons, Messieurs, appui et protection à Marcel.

— Nous vous le jurons, mon officier.

Le reste de la journée fut vraiment charmant, beaucoup de folies, mais sans grossièretés et sans licence.

— Je ne vous interroge pas, petit cousin, me dit le major, nous aurons le temps ce soir...

Ce soir ! ce mot m'éclaira sur le danger que j'allais courir ; mais le major Hamlin avait l'air d'un homme d'honneur ; je me fierai à lui, je lui dirai que je vais rejoindre mon amant, et quand il saura que j'ai un amant, il me respectera sûrement. Comme on raisonne bien à dix-huit ans !

Le major eut mille soins de moi à la dînée, et malgré même les provocations des camarades, il eut soin que je ne busse que d'un excellent vin ; j'appréciai cette délicatesse, qui me donna la présomption la plus favorable sur mon nouveau cousin.

Les filles de l'auberge qui nous servaient, riaient en me regardant ; il faut croire que je n'avais pas l'air du tout martial, car personne ne s'y était trompé.

Remontée dans la diligence pour n'en descendre qu'à la nuit, j'eus la pensée pourtant que sous quelques prétextes, je pourrais faire connaissance avec la vieille et coucher dans sa chambre. Comme j'étais un peu aguerrie, je lui adressai plusieurs fois la parole : non-seulement elle ne m'entendait pas, mais, prenant la plus mauvaise opinion de ma figure équivoque, elle croyait que je l'insultais.

— Laissez-moi tranquille, petit garnement, me disait-elle avec aigreur, respectez l'âge, vous y viendrez aussi.

— Ah ! pas de si tôt, la mère.

Le major, ainsi que les voyageurs, devinèrent à merveille pourquoi je cherchais à me rapprocher d'elle, et pour s'en venger, m'embarrassèrent de folies nouvelles.

— Oh ! pour celui-là, Marcel, me disait le major, je ne le souffrirai pas, c'est trop fort aussi, cette femme a soixante ans ; je sais bien qu'à ton âge on est brave avec toutes les femmes, mais c'est acheter trop cher sa bonne réputation, nous te croirons à moins.

On était bien résolu à me persécuter ; j'abandonnai la vieille qui, aussi bien ne me secondait pas du tout.

La nuit arrive, la diligence s'arrête : le major prend les devants, ordonne un excellent souper, la vieille en refuse sa part et va se coucher en grognant.

— Marcel, me dit le major, tu dois avoir besoin de repos, j'ai fait la ronde et j'ai prié l'hôtesse de te réserver une jolie petite chambre sur la cour ; nous serons *tous* assez loin de toi ; mais je connais la maison, elle est sûre ; et, à moins que tu n'aies emporté quelque reliquaire de ta pieuse maison, je ne suppose pas que tu aies de grands trésors avec toi?

Je regardais le major avec des yeux pleins de reconnaissance; il m'accompagna jusqu'à ma chambre, et, après m'avoir doucement serré la main, il fut rejoindre sa compagnie.

— Voilà un major terriblement sage ! dirent à la fois ces dames, il vous laissa dormir ?

— Oh ! mon Dieu, non, Mesdames : je fermai ma porte avec soin, je gardai de la lumière, et la fatigue m'aida à m'endormir : ce ne fut pas sans réflexions sur cette singulière réserve du major Hamlin ; la femme la plus décidée à se défendre n'est pas fâchée d'être attaquée ; si c'est une injure, il semble qu'on la doive à ses charmes : on n'explique pas tout cela à dix-huit ans, on ne le sait pas, mais on le sent.

Il y avait plus d'une heure que j'étais endormie quand j'entendis un léger bruit dans ma chambre : je vois lever un grand morceau de tapisserie antique, qui masquait la petite porte. On dit tout de suite :

— Ne craignez rien, Marcel !.... Et je reconnus le major.

— Au nom du ciel! lui dis-je, que venez-vous faire à cette heure ; je me croyais en sûreté.

— Et vous y êtes aussi, charmante enfant, j'ai couché moi-même tous nos jeunes gens, ils m'ont entendu m'enfermer dans ma chambre ; personne près de vous.

— Mais, major, quel motif vous y amène?

— Le premier devoir d'un militaire et d'un
Français est de protéger la beauté, le second est de
l'adorer, et je ne suis pas Français à demi.

— Ah! Monsieur, lui dis-je, toutes les apparences sont contre moi ; mais quand vous saurez par
quelles circonstances...

— Ah ! non, non, dit le major, je ne veux pas
savoir les circonstances.... je ne vous crois coupable de rien, je vous trouve belle comme un ange
je vous aime à la fureur ; ce sont aussi ces circonstances qui m'amènent près de vous, et me pro-
mettent un bonheur inexprimable, si je parviens à
vous le faire partager.

Et disant cela, le major apportait à son costume,
des changements qui m'éclairèrent tout de suite sur
ses projets. Eteindre ma lumière, se glisser dans
mon lit, ce fut l'ouvrage d'un moment.

Que fallait-il faire, Mesdames? Crier, remplir
l'auberge de scandale et de frayeur, me livrer sans
défense à toute la malignité de mes compagnons
de route, éveiller la curiosité sur mon déguisement,
seconder moi-même les démarches que faisait
sans doute ma belle-mère pour me retrouver ; voilà
ce qu'eut produit infailliblement une résistance
très difficile, et pour laquelle je ne me sentais pas
une force suffisante.

Je crus pourtant porter les derniers coups, en
disant au major que mon cœur n'était plus libre..,.
J'allais commencer là-dessus de fort belles phrases

mais le major Hamlin était l'homme qui écoutait le moins.

Sans nul égard pour l'amant aimé, il baisait avec ivresse, ce que l'amant aimé n'avait jamais touché; en homme délicat et connaisseur du plaisir, il voulait me devoir à moi-même, et ce fut par toutes les gradations de la volupté, qu'il m'amena à partager ses désirs, et à ne lui laisser d'autres obstacles que celui, sans doute, sur lequel il comptait le moins !....

Mon inexpérience doubla ma valeur à ses yeux; mais après m'avoir ôté pour jamais ce mérite là, il me quitta pour prévenir la curiosité et les soupçons des voyageurs

En effet, ils se levèrent avec le jour, et vinrent, battre le tambour à ma porte, pour m'habituer, disaient-ils, à la discipline militaire, mais soupçonnant que le major était près de moi.

Je m'habillai à la hâte, malgré le besoin que j'avais de repos; le major qui les entendit, les rejoignit d'un autre côté, et leur surprise m'amusa beaucoup; car le mystère ajoute un grand charme aux jouissances de l'amour.

Mon aimable major observa la même conduite pendant toute la route, que je trouvais bien moins longue que je ne me l'étais imaginé, et nous arrivâmes à Lyon à son regret comme au mien.

Le major ne devait pas s'y arrêter, il me conduisit dans la meilleure auberge, me fit les adieux les plus tendres, et me laissa une adresse sûre, pour que je pusse m'adresser à lui en quelque temps de ma vie où il pourrait m'être nécessaire.

Je le vis partir avec douleur : de grands plaisirs et de bons procédés méritent des regrets, et il avait su accorder notre bonheur avec beaucoup de soin de ma réputation.

Il était bien temps de songer à mon chevalier, qui avait été le but de mon voyage.

La nature de la distraction que j'avais éprouvée en route, avait singulièrement refroidi mon imagination.

Je fus deux jours sans sortir, après lesquels je me décidai pourtant à écrire un mot au chevalier, et à le prier de venir me voir.

Sa surprise fut extrême, quoiqu'il fût très convaincu de tout ce que je lui disais de ma belle-mère, la hardiesse de ma démarche lui parut d'autant plus blâmable, qu'elle semblait justifier la rigueur de Madame d'Origni envers moi.

Le chevalier était naturellement sévère ; et si je m'étais trouvée tout à fait dans les mêmes dispositions qu'à mon départ de Paris, je crois que je serais morte de douleur, de la réception froide et sérieuse qu'il me fit.

— Mademoiselle, me dit-il, je suis touché et reconnaissant de l'intérêt dont vous voulez bien me croire digne ; mais je cesserais de l'être, si je vous abusais un seul instant. Votre belle-mère vous a caché ce que je l'avais priée de vous dire : ma famille a projeté un établissement pour moi, auquel j'ai donné mon aveu, et je me marie dans quelques jours.

Ce fut alors que je sentis toute la folie de ma conduite ; mille sentiments divers remplirent mon âme, un torrent de larmes inonda mon visage, et cette expression de sensibilité ou de regret, me rendit l'intérêt du chevalier.

— Puisque vous daignez croire à mes conseils, et que vous ne voulez point revoir votre belle-mère, je vous engage, dit-il, à entrer au couvent ; s'il ne se présente aucun établissement qui vous convienne, vous y attendrez un époux ou votre majorité, qui vous fera rentrer dans tous vos droits, sur une fortune que Madame d'Origni n'a pu anéantir...

Je suivis ce triste conseil et j'entrai au couvent.

Le bruit de mon voyage et de mon déguisement se répandit pourtant ; un des braves avec lesquels j'avais fait la route était malheureusement resté à Lyon ; il rapprocha plusieurs circonstances qui me firent reconnaître, et me donna le surnom de *Petit Hussard de l'Amour.*

Cette plaisanterie fit fortune, et me suivit dans mon asile, au grand scandale de la communauté, qui ne me gardait qu'à la considération du chevalier, qui me faisant avouer et protéger par sa famille, affaiblissait l'impression qui s'élevait contre moi.

Enfin, au bruit que faisait mon aventure, se joignirent aussi de grands éloges de ma beauté ; cette excuse si valable aux yeux des jeunes gens, m'attirait des visites qui s'autorisaient des plus légers prétextes.

Je les refusais impitoyablement, et cette rigueur me ramena tous les esprits.

On ne me voyait que dans la maison du chevalier, que j'avais eu la douleur de voir marier, mais qui se conduisait envers moi avec autant d'intérêt que d'honnêteté.

Ma belle-mère voulut me ramener d'autorité ; elle y mit de la violence, et dès lors ma conduite se justifia par ses emportements. Je devins une victime qui n'avait pris conseil que du malheur, et le public inconstant, également prêt à accuser et à absoudre, se livra à l'enthousiasme comme il l'avait fait d'abord à la rigueur.

Vingt partis se proposèrent ; le chevalier, sans contraindre mon choix, le dirigea, et je devins la légitime épouse de Monsieur de Camouville, qui, aveuglé par la plus vive tendresse, ne s'aperçut même pas..... *que j'avais fait le voyage de Lyon.*

FIN DE LA SEPTIÈME SOIRÉE.

# HUITIÈME SOIRÉE

QUE les hommes sont injustes, Mesdames; quand ils jugent de nos faiblesses avec sévérité.; quelle éducation peut être assez puissante contre des êtres adroits, qui, nous attaquant avec tout l'avantage de l'expérience, de la séduction, sont encore secondés par le penchant de la nature, et les conseils de la vanité.

Si on éloigne de nous tout ce qui peut éclairer notre imagination et nos sens, l'ignorance même nous livre à un danger que nous ne connaissons pas. Si au contraire on nous instruit, quelle chaleur nous embrase! quel charme ne prêtons-nous

pas à ce plaisir impérieux pour lequel la moitié
du monde brave tous les maux qu'il peut entraîner ! Quelle jeune personne ne croit pas voir dans
les circonstances particulières qui l'entourent,
tout ce qui peut justifier sa faute et garantir son
bonheur ; comment douter qu'on soit aimée lorsqu'on est aimable ; surtout lorsque l'on aime soi-
même, et que le poison est offert dans la coupe
de la volupté ! Êtres ingrats, pardonnez-nous au
moins votre bonheur.

— Voilà une fort belle invocation, reprit en
riant Madame de Marsan ; ce début philosophi-
que nous promet de votre part, aimable amie,
des efforts surnaturels.

— Oh ! mon Dieu, non, Mesdames, j'ai cédé à la
crainte, à la surprise, à l'inexpérience du monde
encore plus qu'à celle de l'amour ; que de science
il faudrait avoir pour se garantir d'une si séduisante erreur.

Je suis née en Picardie, de parents nobles, et
peu fortunés ; je ne me rappelle pas de mon père
que je perdis dans la plus tendre enfance, et qui
avait passé sa vie au service.

L'exemple des mères indifférentes n'est pas
malheureusement si rare qu'on pourrait le supposer, et j'en avais une qui faisait le plus singulier
emploi de sa sensibilité.

Zélie, sa jolie petite chienne, était le principal
objet de son affection ; c'était pourtant la plus infidèle des bêtes de son espèce . elle s'égarait souvent,

et son humeur libertine jetait ma mère dans une
inquiétude continuelle. Quand Zélie était malade
ou perdue, quand le perroquet était triste, quand
la linotte ne chantait plus, ma mère ne mangeait
pas, et ne voulait voir que... *son directeur*, qui
avait seul le *talent* de proportionner ses consolations et ses chagrins.

Voilà, Mesdames, ce que j'appris avec l'âge,
des personnes qui la voyaient alors, car dès que je
fus née, ma nourrice m'emporta dans un village
où la sœur de mon père avait une habitation ; je
fus recommandée à ses soins, et dès que je fus sé-
vrée, elle se chargea uniquement de moi.

Madame de Saint-Firmin, ma tante, était fort
respectable ; elle avait le dessein que je fusse heureuse et bien élevée, mais l'état affreux de sa
santé la forçait de s'en rapporter à des soins étrangers. L'évêque du lieu lui permit de retirer une
novice d'un monastère voisin, et la sœur Sainte-
Ursule fut spécialement chargée de mon éducation.

Elle s'en acquitta d'abord avec douceur, mais
l'amour s'emparant bientôt de son cœur, une
petite fille qui devenait indiscrète et intelligente,
lui parut un témoin insupportable ; usant donc de
l'autorité sans bornes qu'elle avait sur moi, elle
m'accusa près de ma tante de tous les défauts dont
mon âge était susceptible ; on me fustigeait, on
m'enfermait, et pendant que je m'abandonnais à la
douleur, ma sévère maîtresse se livrait à l'amour.

Heureusement pour moi, son amant l'enleva, et ma bonne tante, très scandalisée, n'osant plus se fier à personne, écrivit à ma mère de venir me retirer.

J'avais déjà près de douze ans, mais j'étais délicate, et moins formée qu'on ne l'est ordinairement à cet âge. Je n'avais jamais vu ma mère, et la sœur Ursule, par bêtise ou par malice, ne m'en avait jamais parlé que pour me dire avec menace :

— Continuez, Mademoiselle, patience, votre maman de Paris viendra bientôt et vous verrez ce qu'elle fera.

Cette manière de me faire redouter ma mère ne m'avait pas exaltée sur l'amour filial ; je n'aimais pas du tout *ma maman* de Paris, et quand on vint m'annoncer qu'elle arrivait, je me cachai dans une cave, dont la force seule put m'arracher.

Cet accueil fit sourire ma mère avec mépris.

— Comme les enfants sont aimables, dit-elle avec ironie : en vérité, quand je vois des femmes qui se passionnent pour eux, qui versent à leur sujet des larmes de joie ou de regrets, cette exagération me fait pitié.

— Eh bien, voyons donc cette petite, disait-elle à une de ses amies qui l'avait accompagnée ; mon Dieu, je sens déjà que tout ceci va m'ennuyer à mourir.

On m'amena tout en pleurs ; je n'osais pas lever les yeux, je me persuadais que ma mère avait une figure horrible, et qu'elle venait pour me punir.

Personne n'eut le bon sens de supposer que cette terreur fût le fruit de toutes les sottises qu'on m'avait dites ; je fus jugée imbécile ou insensible, et ma mère observa que c'était dommage, parce que d'ailleurs je n'étais pas mal.

— Comment, pas mal, dit Madame d'Alfreda (l'amie de ma mère), elle est charmante ; Madame d'Elbi, voyez donc ses beaux yeux noirs, cette peau éblouissante, cette jolie bouche, je vous assure que cela fera dans peu d'années une charmante et délicieuse personne.

— Oh ! mon Dieu, ma chère amie, comme vous vous exaltez : eh bien, quand cela serait, songez-vous combien cela est embarrassant de garder une jeune fille près de soi ; aujourd'hui elle n'est que sotte, mais la coquetterie la déniaise si vite.

Ces propos obligeants ne me rassuraient guère, et firent tomber de grosses larmes qui roulèrent dans mes yeux.

— Allons, la voilà qui pleure à présent, mais quel mal vous ai-je fait, Mademoiselle ? En vérité, ma chère amie, je n'étais pas du tout propre à avoir des enfants, je n'entends rien à les élever.

— Eh ! bien, dit, cette bonne Madame d'Alfreda, laissez-m'en le soin, j'ai perdu ma fille, la vôtre la remplacera ; je suis veuve et il me sera possible par ma fortune de contribuer à son établissement.

— Ah ! vous plaisantez, ma chère, une chose comme cela ne s'accepte pas.

— Pourquoi donc, ce sera moi qui vous devrai des remercîments !

— Tout de bon, vous l'emmenerez avec vous... pour tout à fait ?..., en vérité...

— Comment vous nomme-t-on, chère petite ? me dit Madame d'Alfreda.

— On me nomme Elmire, répondis-je en tremblant.

— Eh bien, Elmire, vous êtes à moi, chère enfant, votre mère le veut, et vous, n'y consentez-vous pas ?

— Ah ! Madame, lui dis-je en baisant ses mains avec tendresse, oui, oui, j y consens, je vous aimerai et vous obéirai de toute mon âme.

Madame d'Alfreda me pressa sur son cœur ; je sentis ses larmes couler sur mon visage, et je vis ma mère rougir de colère ou de dépit

— A merveille, dit Madame d'Elbi, voilà des effusions de cœur charmantes... et qu'on parle après cela du pouvoir de la nature... de ce lien du sang... je n'ai jamais cru à tout cela, moi ; je suis née, je l'avoue, avec une force d'esprit qui m'a toujours rendue inaccessible aux préjugés communs.

Ma mère continua de faux raisonnements, en tira de fausses conséquences, et n'en fût pas moins très contente de sa philosophie.

Nous partîmes, nous arrivâmes, ma mère nous quitta ; et comme cela ne produisit rien de nouveau ni d'intéressant, je passe tout de suite à mon établissement chez Madame d'Alfreda.

Cette aimable dame demeurait à Tours, depuis
sa naissance, et elle avait quarante ans, des relations d'intérêt lui avaient fait connaître ma mère,
dont elle avait acheté une petite ferme aux environs de la ville ; c'était le seul rapprochement possible entre une personne qui se faisait gloire de
son égoïsme, et une qui exagérait peut-être un
peu sa sensibilité.

Madame d'Alfreda avait assez de fortune pour
le lieu qu'elle habitait, l'état de sa maison et la
comparaison de la plupart de ses connaissances,
qui en avaient moins qu'elle.

Rien au monde n'était plus régulier, plus méthodique que sa vie, depuis l'époque de son mariage ;
il était sans exemple qu'elle n'eût pas pris son café
à huit heures, son mantelet et son livre pour
l'office de onze heures.

On dînait à une heure ; les affaires domestiques
et fort peu de toilette remplissaient les intervalles,
et conduisaient à un renversé à un liard la fiche,
auquel ne manquait jamais de se rendre, le soir,
un chanoine, un officier retiré, et le propriétaire
de la maison.

Je fus présentée à ces messieurs, qui, n'étant
plus jeunes, me parurent très vieux ; ils me firent
des compliments fort ampoulés, et dont chaque
période ramenait à des éloges très directs, du
cœur, de l'âme, de la vertu, de la sensibilité de
Madame d'Alfreda.

Je m'étonnai que cela ne parût pas l'ennuyer

autant que moi, car je n'étais pas dans l'âge de
sentir avec quelle indulgence la vanité fait recevoir
l'encens le plus grossier..

La triste vie que j'avais menée sous la conduite
de la sœur Ursule, ne m'avait pas rendue difficile
en plaisirs.

J'appris avec goût les petits ouvrages de mon
sexe ; l'organiste me commença sur le piano, et de
temps en temps l'officier retiré, qui avait très bien
dansé, il y a trente ans, me faisait faire des révé-
rences, et quelques pas du menuet d'Exaudet.

J'étais fort reconnaissante, fort soumise, et Madame d'Alfreda disait que j'étais *sage*, ce qui voulait dire que j'étais *tranquille*, et ne lui résistais
pas.

Du reste, quand on me permettait d'aller me
promener en ville, je la trouvais fort grande et
fort belle, car le reste du monde m'était complètement inconnu, et n'occupait non plus personne
autour de moi.

Il faut avoir vécu à Paris et dans l'aisance, pour
comprendre l'énorme différence que produit souvent dans les habitudes et dans les mœurs une
distance de trente et quarante lieues;à Paris, l'agitation, le bruit, la crainte, les passions, les plaisirs, les violentes douleurs même, composent et
font sentir la vie ; en province on vit pour vivre,
restant pour ainsi dire trente ans à la même place,
étant demain ce qu'on était hier, ne vivant que de
ce qu'on a, jouissant peu, ne souhaitant rien, et

regardant presque comme un scandale, tout événement tendant à fixer l'attention ou à changer la destinée ; enfin, en province l'absence du chagrin est assez pour le bonheur, tandis qu'à Paris, l'ennui et l'uniformité deviendraient bientôt le malheur lui-même ; c'est pourquoi j'ai toujours pensé qu'il ne fallait jamais quitter la province, ou la quitter pour toujours.

. Je soupçonnais une partie de ce que je viens de dire par l'imprudence de Madame d'Alfreda, qui, m'aimant à la tendresse, me permit de me lier d'amitié avec une demoiselle qui venait de passer six mois à Paris, et qui, depuis qu'elle était revenue à Tours, était perdue de vapeurs, de maux de nerfs, et de tout ce que peut engendrer l'humeur et l'ennui.

Dans ce retour, ce qu'il y avait de cruel, c'est qu'elle laissait à Paris un jeune homme charmant, qui l'aimait à la folie, qui était riche et qui l'aurait sûrement épousée (quoiqu'elle n'eût rien) ; si ses parents avaient voulu attendre qu'il se décidât ; mais au lieu de cela, ils avaient hâté le départ de mon amie, interrompu la correspondance, jusqu'à ce que l'amour avisât un moyen de tromper ce que les parents nomment la *prudence*, et que les demoiselles appellent la *tyrannie*.

Il n'y avait pas la moindre comparaison à faire entre la conversation piquante de Florine et le triste reversi de Madame d'Alfreda ; quels sujets intarissables que les modes, les spectacles, les bals et les douces privautés d'un amour naissant et contrarié.

J'avais déjà quinze ans, j'étais belle, et je n'avais pas d'amant à Tours; notre gros propriétaire, dont la joie était toujours forte, me frappait sur l'épaule et me disait en éclatant :

— Eh bien, Madame d'Alfreda, eh bien, quand marions-nous cela ? cela se fait gentille au moins.

Il en disait autant à Florine, qui le repoussait de l'air le plus impertinent et me disait, en pleurant de dépit :

— Quel ton ! quel langage ! Elmire. Ah ! ce n'est pas ainsi qu'on fait l'amour à Paris, les vieillards même y sont si galants, ils ont l'air de penser tant de choses en vous regardant ! Ah ! il est affreux d'être femme à Tours ; je suis sûre d'en mourir.

Je voulais consoler Florine et son mal me gagnait; Madame d'Alfreda ne recevait presque personne, n'avait aucune relation à Paris, il fallait un miracle pour nous en rapprocher; ce miracle arriva pourtant.

Madame d'Alfreda perdit un procès imperdable, avec un homme qu'elle ne connaissait pas du tout; c'était une vieille querelle de famille, renouvelée par les poursuites et pour les intérêts d'un avocat sordide et ignorant, qui, n'étant pas satisfait de la générosité de Madame d'Alfreda, détourna une pièce essentielle.

Le procès, qui n'était pas d'une grande importance, était de la plus grande justice. L'avocat fut trahi, la pièce retrouvée, et Monsieur de Monceni, fort délicat en matière d'honneur, n'en fût pas plutôt informé, qu'il se rendit à Tours et remit Madame d'Alfreda dans ses droits.

Ce procédé, aussi noble que désintéressé, fit beaucoup de bruit à Tours et beaucoup d'honneur à Monsieur de Monceni.

Madame d'Alfreda, qui se plaisait en son pays, l'engagea à y passer quelque temps, et lui offrit sa maison.

Monsieur de Monceni accepta, car c'est le fort des Parisiens d'avoir l'air de la franchise et de la confiance. On mit un lit pour moi dans la chambre de Madame d'Alfreda, on donna le mien à Monsieur de Moncéni, et le voilà établi chez nous.

Un Monsieur de Paris! Quel événement pour Florine et pour moi!

Monsieur de Monceni était un fort bel homme de trente-cinq ans environ; sa figure était agréable et fraîche, sa tournure élégante, sa mise des plus recherchées, son ton facile, poli, flatteur; ajoutez à tout cela la belle action qui prévenait en sa faveur, et vous serez sûres qu'il n'y avait à Tours ni homme, ni femme, qui n'en dît du bien.

Quant à moi, il me loua de ce ton délicat que je ne connaissais pas; conta avec l'air du plus vif intérêt tout ce qui m'était relatif; et sans accabler Madame d'Alfreda de ces froides fadeurs que lui prodiguaient ses habitués, il la plaça, par son

estime et son respect, au nombre de ces personnes qu'il est aussi heureux que rare de rencontrer.

Ce qui me confondait, c'étaient les éloges que
Monsieur de Monceni semblait donner très fran-
chement à notre ville, à nos connaissances, à
toutes les habitudes de notre vie. Cet homme si
élégant, si riche, si à portée de se procurer toutes
les jouissances, trouvait charmant, disait il, d'habiter une ville où les voitures, les carioles et la
foule n'embarrassaient pas à chaque pas.

Il ne tenait à nous de croire que Tours valait
bien mieux que Paris ; mais sur ce point il nous
était impossible de le croire sincère, et nous
supposions que le désir de plaire à Madame
d'Alfreda lui fournissait seulement toutes les com-
paraisons dont elle pouvait être flattée.

Florine me soutenait dans cette idée. Monsieur
de Monceni, si raisonnable, si digne de confiance,
était notre guide dans les promenades en dehors
de la ville.

Ce fut là où il reçut les aveux de Florine et les
miens ; Florine, moins réservée et plus violente
que moi, disait qu'elle était au désespoir ; moi je
disais seulement que je m'ennuyais beaucoup, et
que je donnerais *tout au monde* pour connaître
Paris.

— Tout au monde, disait en riant Monsieur de
Monceni.

— Oh, mon Dieu ! *tout ;* mais qu'est-ce que je

donnerais? Ma mère m'a abandonnée, je n'ai rien
à donner, ce n'est pas par mes sacrifices que vous
pourrez apprécier mon désir.

Monsieur de Monceni parut rêveur pendant le
reste de la promenade, donna des espérances très
vaguesF à lorine, et m'ayant reconduite le soir dans
mon appartement, il me dit, d'un air à demi-
sérieux :

— Est-il bien vrai, Elmire, que vous donneriez
tout ce qu'on vous demanderait pour venir à
Paris?

— A quoi sert cette question, je sais bien que
cela est impossible.

— Les moments sont précieux, dit-il, je crains
qu'on ne nous surprenne : mais j'ai jugé votre
intelligence, plaignez-vous demain et pendant
quelques jours d'une vive douleur dans le côté,
nommez-moi le médecin de Madame d'Alfreda ; je
me charge du reste.

Je crus saisir l'idée de Monsieur de Monceni ;
j'entrevis ce voyage comme une chose qui n'était
pas entièrement impraticable, et désirant que son
moyen eût tout le succès possible, j'eus l'adresse
de me procurer quelques remèdes, je les pris
sans précaution, et je fus si réellement malade,
que Monsieur de Monceni lui-même ne savait
qu'en penser.

Je lui avouai ma ruse ; il m'en sut tout le gré
possible, loua mon courage, en me recommandant
toutefois de ne pas aller plus loin

Il alarmait secrètement ma tante, en prétendant reconnaître dans ces premiers symptômes, des annonces de la maladie la plus grave.

Madame d'Alfreda, qui m'adorait comme sa propre fille, était au désespoir; elle envoya chercher le médecin, qui dit tout ce que Monsieur de Monceni lui avait dicté.

Je vis le moment où mon excellente amie, à qui elle avait dit que ce n'était qu'à Paris où je pouvais trouver les secours suffisants, était presque déterminée à se déplacer et à m'y conduire elle-même.

Ce fut alors que Monsieur de Monceni lui demanda, sans trop d'empressement, si elle ne daignerait pas me confier à ses soins; il lui observa qu'il était marié, et que sa maison serait pour moi l'asile le plus décent; que sa femme m'aimerait à la folie, et que la nature du mal dont j'étais menacée exigeait un traitement fort long, qui lui coûterait des dépenses et des déplacements incalculables.

Madame d'Alfreda se récria sur l'extrême indiscrétion d'accepter une telle offre; Monsieur de Monceni fit valoir la franchise avec laquelle il demeurait depuis quinze jours chez elle; enfin, après de longs débats, il surmonta toutes les difficultés.

La chaise de poste de Monsieur de Monceni pouvait contenir trois personnes; la vieille bonne m'accompagnerait et reviendrait par la diligence quand elle m'aurait remise entre les mains de Madame de Monceni.

Je feignais toujours d'assez grandes souffrances ; ma protectrice y croyait, et voyant ses larmes, je fus cent fois prête à la désabuser ; mais j'allais voir Paris, la tête m'en tournait, la joie me donnait une vivacité, une agitation qui n'était pas ordinaire, et Madame d'Alfreda l'observait comme un des effets les plus sensibles de ma maladie.

Florine, que Monsieur de Monceni m'avait extrêmement priée de ne pas mettre dans la confidence, ne savait que penser de mon état, mais, simulé ou réel, il lui faisait envie.

Elle me remit une lettre pour son amant ; elle avait tant de chagrin, cette pauvre Florine, que je n'examinais point s'il était bien ou mal de m'en charger.

Je fis de tendres adieux à ma mère adoptive, et je partis en surmontant tous les scrupules de ma supercherie.

Quoique Monsieur de Monceni n'eût que trente-six ans, c'était le double de mon âge : sa bonne conduite, sa belle action, une certaine dignité dans ses manières, une austérité de principes, qui s'était montrée en toute action, ne me permettaient pas de lui supposer le moindre penchant pour moi ; d'ailleurs, il était marié, il me conduisait à sa femme, et je n'avais pas ouï dire à Tours que de telles apparences pussent cacher de mauvais desseins.

Madame d'Alfreda me le faisait envisager comme un père, et me recommanda seulement d'user avec une grande discrétion de ses services et de ses bontés.

Le voyage m'amusa fort et me parut trop court : Monsieur de Monceni partagea ses soins entre ma vieille bonne et moi ; elle en était profondément touchée, et se promit bien d'en rendre compte à sa maîtresse, à son retour.

Madame de Monceni était prévenue ; sa mère était en ce moment chez elle ; toutes deux vinrent à notre rencontre.

Ce fut de ces deux dames à qui lui ferait le plus de caresses et le plus de questions; une courte absence avait paru un siècle, on s'embrassait, c'était une joie, une ivresse ; ma vieille bonne en pleurait et ne cessait de dire : le beau couple, le joli ménage, quelle union, qui croirait cela dans une ville comme celle-ci.

Enfin, ces dames qui n'avaient pas encore fait grande attention à nous, m'aperçurent, et la belle-mère m'embrassant avec affectation dit : — Oh ! la jolie enfant, qu'elle est fraîche ; chère petite, nous aurons bien soin de vous, votre appartement est prêt.

Fatiguée de la route, intimidée par la toilette élégante de ces dames, je balbutiai quelques mots, que ces dames n'écoutaient pas.

On me conduisit dans un charmant pavillon, on m'apporta un bouillon, et m'étant couchée on me

laissa la liberté de rappeler à mon esprit la première impression que ces dames avaient faites sur
moi.

Madame Ravel, la belle-mère de M. de Monceni,
était une brune au teint vermeil, à l'œil vif et fri-
pon ; ses belles dents paraissaient au plus léger
sourire, et lui donnaient beaucoup d'agrément
dans la physionomie.

Elle pouvait avoir quarante ans ; mais elle avait
encore tant de vivacité, elle paraissait si près de
sa jeunesse, qu'on eut dit volontiers qu'elle n'avait
jamais pu être mieux ; joignez à cela un petit ton
mignard, cajolant, qui devenait insipide à la longue, mais qui obligeait, jusqu'à ce qu'on sût qu'elle
l'avait avec tout le monde.

Madame de Monceni était jeune, fraîche, grasse
et languissante ; fort différente de sa mère, elle
était dédaigneuse, froide, n'aimant que son mari,
ne faisant attention qu'à lui, et paraissant toute entière à son amour.

Avec plus de confiance en moi, et plus de
réflexions, j'aurais pu craindre qu'elle ne me
vît point avec plaisir près d'elle ; mais je savais
à peine si j'étais jolie, et d'ailleurs, il me semblait que la toilette donnait à toutes les femmes
de Paris, tant d'avantages sur moi, que je craignais bien plus d'y paraître ridicule, que d'y être
distinguée.

Monsieur de Monceni avait tout prévu; la maladie
dont j'étais menacée était, disait-il, des obstruc-

tions ; il me fallait de la dissipation et un peu de remèdes.

Le lendemain, la vieille bonne reçut un présent et repartit. Ces dames jouèrent avec moi comme avec un enfant sans conséquence : on riait aux larmes de ma vie à Tours, et Madame de Monceni avait surtout avec moi un air d'ironie, dont j'étais piquée, et que je sentais mieux que ses bontés réelles.

Monsieur de Monceni, si aimable pendant la route ne me regardait presque plus, et ne me parlait qu'avec un ton de protection, où je croyais voir de la hauteur.

Ces remarques m'attristèrent ; j'étais à Paris, j'avais tant souhaité y être, et j'avais le cœur singulièrement oppressé : ce jour qui m'avait paru long, finit, et j'étais couchée depuis plus de trois heures, quand j'entendis doucement frapper à ma porte.

J'avais de la lumière, je passai une légère robe de mousseline, et je fus ouvrir.

— C'est vous, Monsieur, dis-je avec surprise à Monsieur de Monceni.

Il referma doucement la porte, mit la clef en dedans, et sans se justifier aucunement d'une semblable visite à cette heure :

— D'abord, me dit-il, ne m'appelez plus *Monsieur de Monceni*, ma chère petite amie, nommez-moi Achille, bannissons toute contrainte, et pour être heureux, soyons d'accord.

— Monsieur, vos bontés me disposent...

— Encore Monsieur, Elmire, je vous le défends

— Eh bien, Achille, qu'avez-vous à me dire, et pourquoi choisissez-vous ce moment ?

— Parce que c'est le seul, ma chère enfant, où je puisse user de cette liberté, sans exciter des soupçons.

— Des soupçons, Achille !

— Oui, chère petite amie, j'ai beaucoup à vous dire, écoutez-moi, mais non pas à cette distance... mettez-vous sur mes genoux....

Et il m'y attirait fortement.

— Mais, Achille, il me semble.....

— Il me semble, Elmire, me dit-il d'un ton fâché, que lorsque vous souhaitiez de venir à Paris, vous auriez donné *tout au monde* pour y venir, et qu'aujourd'hui où j'ai surmonté toutes les difficultés pour vous y conduire, vous êtes disposée à me refuser jusqu'au moindre plaisir.

Je n'osai me retirer et Achille, me pressant contre lui, me donna le plus tendre baiser.....

Ce baiser ne ressemblait à aucun de ceux que j'avais reçus jusqu'alors, les lèvres d'Achille semblaient imprimées sur ma bouche, et mon émotion même m'éclairant sur le danger (sans parler de quelqu'autre lumière que Florine m'avait donnée), je fis un effort pour me lever.

— Achille, lui dis-je avec quelque colère, j'espère que vous n'exigerez jamais rien de moi de contraire à la sagesse.

— De contraire à la sagesse : oh! non, certainement; mais la sagesse, Elmire, c'est de profiter de tout ce qui peut accroître ou assurer notre bonheur, c'est de se comporter avec discrétion ou prudence, de ne confier sa réputation qu'à un être incapable de la compromettre par la vanité ou la maladresse, c'est d'obéir à la nature qui vous a créée pour l'amour; à Paris, mon enfant, voilà ce que c'est que la sagesse ; peut-être que la sagesse à Tours n'est pas faite comme cela, ajouta-t-il avec ironie; dans ce cas c'est à vous de m'instruire, et je serai ravi de recevoir d'une enfant de seize ans des leçons que je n'en attendais pas.

Il me fut impossible de répondre à ce ton moitié railleur et moitié courroucé ; j'avais les yeux fixés à terre ; il vit couler mes larmes, et m'en parut ému.

— Elmire, je vous aime à la folie, je ne puis avoir, comme je le souhaiterais, un absolu pouvoir sur votre vie entière ; mais dans l'incertitude de l'avenir, n'est-ce rien que quelques mois de parfait bonheur? Si vous me haïssez, si je vous déplais, si je vous parais trop âgé pour vous, ah ! dans ce cas seul vos refus sont raisonnables, j'en mourrais de chagrin, mais je sortirais à l'instant ; prononcez !

En disant ces mots, Achille se mit à mes genoux, il paraissait tremblant, inquiet, malheureux, et jamais il n'avait paru si intéressant et si beau.

Je fis un mouvement pour le relever ; l'impé-
tueux Achille en profita ; dénouant facilement la
seule ceinture qui contînt ma robe, mon sein
entièrement découvert parut en son pouvoir ; sa
bouche s'y porta avec délire, ses lèvres firent
éclore pour ainsi dire ce faible bouton, qui, dans
l'ombre jusque-là, recevait la première étincelle
du feu sacré : j'en fus embrasée, et rendant à
Achille caresse pour caresse, le bruit de nos baisers fut pendant quelques minutes le seul qu'on
pût distinguer.

Achille m'avait portée sur mon lit, il avait aban-
donné mon sein ; d'autres charmes plus secrets
recevaient des hommages et des éloges dans lesquels sa raison semblait l'abandonner.

Je me défendais faiblement, je le suppliais de
me laisser, et mes bras qui l'entouraient avec force
l'attiraient près de moi.....

A mes désirs, à la fureur dont il semblait agité,
je pressentais que je pouvais quelque chose de
plus pour son bonheur. Je souhaitais cet instant
autant que lui-même, quand un léger bruit lui
rappela une juste crainte.

— Non, non, dit-il, pas aujourd'hui..... je n'ai
pas encore fait tout ce que ta sûreté exige ; écoute,
Elmire, essayons de nous calmer.

Il fut à la porte, n'entendit plus rien, et se ras-
seyant sur mon lit, un bras passé autour de mon
corps, il me dit :

— Tu ne connais pas le monde, Elmire, et ce

que j'ai à te dire, te paraîtra aussi naturel un jour, que singulier et blâmable aujourd'hui : je suis né riche, j'ai dépensé ma fortune à un âge où je n'aurais pu supporter la médiocrité ; je connaissais Madame de Ravel, qui a cinquante mille écus de rente, j'ai cherché son amitié et son estime, elle m'a accordé davantage.....

Étant mariée elle-même, il n'y avait qu'un moyen de rendre mon sort heureux et de me conserver près d'elle ; elle m'a fait épouser sa fille.

Je suis l'idole de l'une et de l'autre, et telle a été la sagesse de ma conduite, que j'ai l'art de les rendre également heureuses, et d'acquitter par toutes les apparences de l'amour, ce que l'amour fait chaque jour si généreusement pour moi.

Cependant, je n'ai pu me soustraire à la loi commune ; l'habitude, la facilité, la jouissance, ont affaibli mes désirs, et sans être devenu indifférent pour des êtres auxquels je dois beaucoup, tu m'as fait éprouver, mon Elmire, que mon cœur pouvait s'ouvrir à un nouvel amour.

Dès l'instant que je t'aperçus chez Madame d'Alfreda, je formai le projet d'être à toi ; tu sais combien je fus secondé par sa bienveillance et l'ennui dont tu m'as paru dévorée ; mais d'après ce que je t'ai dit de mes liens avec ces deux dames, il n'était peut-être pas sans difficultés de te faire accueillir par elles.

Je leur écrivis pourtant, je te peignis comme un enfant très ingénu, et sans aucun développement

au physique comme au moral ; ta figure enfan-
tine, ta tournure délicate et mignonne ne pouvaient me démentir ; et quant à moi, Elmire,
tes grands yeux noirs pleins de vivacité me
faisaient présumer que ton âme serait le foyer le
plus ardent, dès que tu aurais goûté le charme et
la volupté du plaisir ; tu surpasses mon attente et
tes douces caresses m'ont déjà donné plus de bonheur que je n'osais m'en promettre.

Bannis les tristes réflexions, ces préjugés qui en-
fantent les remords et souffre sans murmures quelques désagréments, inséparables de notre position,
et qu'il n'est pas en mon pouvoir de t'éviter.

Ma femme est naturellement railleuse et fière ;
incapable de faire aucune peine à dessein, elle n'a
jamais su contenir une plaisanterie piquante ; cette
supériorité de fortune qu'elle apprécie trop, la
rend vaine et méprisante envers les personnes qui
n'ont pas le même avantage qu'elle ; enfin, Elmire,
pour elle, pour Madame Ravel, pour moi-même,
songe, chère petite, qu'il ne faut paraître qu'une
enfant sans importance, flattée, contente, et même
*étonnée* de tout. Ton esprit naturel, tes avantages en tous genres peuvent y perdre quelque chose
mais si je te suis cher, mon amour t'en dédomma-
gera.

Je ne couche point avec ma femme, qui est nourrice en ce moment, je serai libre, et de deux jours
l'un (par ménagement pour ta santé), je viendrai
passer la nuit près de toi.

J'avoue que je restai confondue d'un tel arrangement, qui paraissait sans réplique ; ce fut au milieu du trouble que me causèrent mille nouveaux baisers, qu'Achille attendit ma réponse, ou plutôt qu'il ne l'attendit pas, se tenant pour assuré que je partageais ses désirs.

— Votre bonne amie de Tours n'a pas pu, je pense, garnir suffisamment votre petite bourse....

Je l'assurai du contraire.

— Bon, me dit-il, on n'a ni occasion, ni fantaisie à Tours ; mais dans ce pays-ci on n'a jamais assez.

Je voulus refuser une bourse de cent louis qu'il mettait sur la cheminée.

— Elmire, me dit-il, je forme les vœux d'un amant ; mais je me crois aussi les droits d'un père et je veux user de mon autorité ; allons, il faut nous séparer. Quel effort, mon Elmire, et que tu dois juger, par cette résolution du prix que j'attache à ta tranquillité.

Il s'arracha de mes bras en me disant, non pas adieu, mais à demain.

Ce lendemain fut marqué par les orgueilleuses bontés de ces dames, qui m'accablaient de présents : chaque projet de plaisir ou de promenade était toujours accompagné de ces mots : quand on n'a jamais rien vu. A chaque parure qu'on remplaçait : ôtez donc ce chiffon, c'est une horreur, quel mauvais goût dans cette province.

— Passez, petite, disait Monsieur de Monceni, d'un air assez impertinent ; à peine me regardait-il,

Je ne pouvais concevoir un tel empire sur soi-
même ; je rougissais de dépit, et je remerciais avec
contrainte, mais je me rappelais mes instructions,
et cette enfant qu'on avait traitée si légèrement
pendant vingt-quatre heures, pensait avec malignité
qu'elle serait vengée dans les bras d'Achille, qui,
tête-à-tête avec elle, la trouvait d'âge à recevoir et
à donner le bonheur.

La petite porte de mon pavillon resta ouverte ;
un peu de honte me fit éteindre la lumière, ce qui
n'empêcha pas l'aimable Achille de reconnaître
avec transport, tout ce qui l'avait séduit la veille.

Cette nuit me fit goûter de si vifs plaisirs, que
je n'osais plus compter pour quelque chose les
petites contrariétés qui étaient inséparables de ma
situation ; le plus profond mystère en doubla le
charme, et à l'aide d'une excessive prudence, la
jalousie éloigna de nous ses flambeaux.

Madame d'Alfreda au bout de six mois parut
exiger mon retour, et ne pouvait plus être trompée
sur ma mauvaise santé ; il fallut me résoudre à la
rejoindre.

On me trouva singulièrement changée à mon
avantage ; ma bonne amie me reçut avec tendresse,
et le gros propriétaire qui ne voulait rien dire,
riait en me regardant avec une sorte d'admiration,
et répétait toujours :

— Ah ! dame, c'est que c'est une femme à présent.

En effet, Mesdames, je ne le fus guère plus,

lorsque Monsieur de Monceni vint nous revoir un
an après, et nous présenta Monsieur de Viri,
homme d'un certain âge, bien né et passablement
riche.

Il demandait ma main ; cela me valut une
seconde visite de ma mère, à laquelle on demandait
son aveu sans aucun sacrifice de fortune.

Madame d'Alfreda me dotait avantageusement ;
toutes ces considérations mirent tout le monde
d'accord.

Monsieur de Viri m'avait vu chez Monsieur de
Monceni ; il rapportait tout autant d'amour qu'il
en faut pour épouser.

Ce mariage me ramenait à Paris ; j'y consentis
sans peine, et ce bandeau qu'on prête à l'amour,
rendit cette fois encore les plus grands services à
l'hymen.

FIN DE LA HUITIÈME SOIRÉE.

# NEUVIÈME SOIRÉE

**C**'EST une belle chose, Mesdames, que la création d'un être de notre espèce; mais que d'obscurités dans les sublimes secrets de la nature ! Qui pourrait expliquer pourquoi mon père, qui était mousquetaire, qui avait cinq pieds six pouces, une force d'hercule, une parfaite santé, ne faisait pas d'enfants à ma mère, qui était jeune, vive, sensible, brûlant du désir d'être mère, et de récompenser autant que possible, l'amour et les soins d'un mari qu'elle adorait, et dont elle était aussi passionnément aimée ; et pourquoi mon père, au contraire, avait-il fait deux enfants à une petite servante de son oncle, qu'il n'aimait pas du tout, qui était laide, maussade, et sale.

Ce n'était donc pas la faute de mon père; ce n'était pas non plus celle de ma mère, puisque, après dix ans de mariage, elle devint enceinte : pourquoi cela, Mesdames? Ah ! ne nous tourmentons pas l'esprit à l'expliquer, faisons des enfants quand et comme nous pourrons, et suivons le bon exemple de ma mère qui ne se rebutait pas, et répétait tous les matins le même procédé, qui depuis si longtemps n'amenait aucun résultat.

Ma mère était de la ville de Nancy ; mon père, retiré du service, vivait dans la famille de sa femme, Nous avions un peu de fortune, beaucoup d'économie et pas d'ambition ; mon père, un peu haut par caractère, vivait très honorablement.

Tout à coup, ma mère se sent fort incommodée; elle a des dégoûts, des envies ; les caresses même de son mari lui sont à charge.

— Cela n'est pas naturel, dit mon père, avec beaucoup d'intelligence.

Ma mère en convient et s'en excuse ; elle consulte son médecin qui lui dit qu'elle est enceinte et qu'il ne se trompe pas.

Quelle joie dans le ménage ! Quel retour de désirs, de tendresse ! Ma mère rougit et n'ose le dire qu'à huit ou dix de ses meilleures amies, mon père le dit à toute la ville.

Mes bons parents souhaitent également un fils ou une fille ; j'arrive, ils m'aiment à la folie, m'embrassent, me caressent, m'élèvent, et je parviens à quinze ans sans le plus petit événement.

De l'embonpoint, de la fraîcheur, de la santé, voilà ce que je devais de plus essentiel à la nature.

Mes longs cheveux blonds, mes dents d'ivoire, mes grands yeux bleus, voilà ce qu'elle avait gratuitement ajouté à ses autres dons ; et malgré ma grande jeunesse, l'hommage très vif de plusieurs officiers de la garnison de Nancy m'avait appris à apprécier mes avantages.

J'étais coquette, mais je n'étais que cela, grâce peut-être à la très grande surveillance de mon père, qui était sévère et n'eut pas plaisanté sur l'article de l'honneur.

J'avais en tous genres les meilleurs maîtres de la ville, mais soit que les meilleurs ne valûssent pas grand chose, ou que je m'appliquasse peu, je faisais pas de progrès et mes parents s'en affligeaient, car étant l'objet de leur idôlatrie, il n'y avait pas de sacrifice qu'on ne fit pour mon éducation.

Mon père souffrait excessivement de la goutte et n'aurait pu supporter les fatigues d'un voyage ; mais il décida que ma mère et moi nous partirions pour Paris, où je serais perfectionnée pendant un an, dans la musique et dans le dessin, par les meilleurs maîtres de la capitale.

Cela devait coûter au moins une année de notre revenu ; mais mon père avait fait en secret de longues économies; il remit une assez forte somme à

ma mère, et nous arrivâmes dans les premiers
jours de mai à Paris, où l'on nous avait indiqué
l'Hôtel de Portugal, rue du Mail.

Nous eûmes un fort joli petit logement, et les
premiers quinze jours furent employés à faire des
visites chez plusieurs personnes de distinction,
auxquelles nous étions recommandées.

Nous vîmes tous les spectacles *une* fois, et après
avoir fait au plaisir le sacrifice de ces premiers
moments, le reste de notre séjour à Paris fut consacré à l'étude.

J'aimais la musique de passion, j'avais une voix
superbe; mon maître était jeune, agréable ; j'avais
pour lui une coquetterie qui tournait au profit de
l'application, et j'exécutais dejà avec beaucoup de
méthode et de goût quelques romances nouvelles,
lorsque je crus m'apercevoir qu'un très beau jeune
homme dont la fenêtre était tout en face de la
mienne, m'écoutait avec la plus grande attention.

Je continuai pourtant, mais avec plus de timidité,
et je baissai ma jalousie, soit par un sentiment de
modestie, soit par curiosité ; car il me devenait
plus facile d'observer alors mon joli voisin.

C'était un jeune homme de vingt-deux ou vingt-
trois ans, d'une figure céleste et de la tournure la
plus élégante.

Ses grands yeux noirs restaient fixés sur ma
croisée ; mais quand je la fermais, il les levait avec
une expression de sensibilité et de douleur, tout à
fait touchante.

Je l'observai, et tout ce que j'en conclus alors, c'est qu'il aimait passionnément la musique.

J'en entendais souvent dans l'hôtel, mais je n'avais jamais observé d'où elle pouvait partir : j'en fus éclaircie dès le lendemain, où je m'éveillai de très bonne heure.

Mon jeune voisin était encore plus matinal que moi ; vêtu dans un négligé très galant, il préludait à son piano, et ne tarda pas à chanter, avec tout le goût possible, les mêmes romances que j'avais chantées la veille.

Jamais elles ne m'avaient parues si jolies, si sensibles, et il me devint naturel de prendre une opinion favorable de celui qui les chantait si bien.

Je m'établis à ma fenêtre, après avoir disposé ma table et mes crayons, et j'eus l'air entièrement occupée de mon travail.

Le petit voisin quitta son piano, prit un livre, et le plus près possible de la place qui le rapprochait de ma croisée, il feignit de lire aussi attentivement. Mais que de distractions nous avions l'un et l'autre.

A chaque instant nos regards se rencontraient, le livre semblait tomber de ses mains, le crayon m'échappait, je ne faisais rien de bon.

Je pris ma harpe, je chantai les couplets de la veille ; il fit aussitôt un second dessus d'une voix douce et tendre, et dès cet instant, il n'est que trop vrai que nous fûmes d'accord.

Ce cabinet dans lequel j'étais alors, était parti-

culièrement consacré à mes études : c'était le seul
aussi dont la fenêtre fût en face de celle du petit
voisin, nous pouvions même nous parler. Je ne
prévoyais aucun but en observant toutes ces faci-
lités ; mais cela me fit prendre cette pièce en affection ; je l'ornai de tableaux, j'y mis des fleurs, j'en
fis un petit temple que ma bonne mère crut consacré aux arts, et que je sentais intérieurement
consacré à l'amour.

Dès que je paraissais à la fenêtre, mon petit voisin s'y mettait aussitôt ; mais dès qu'il voyait quelqu'un près de moi, il se retirait, et sa prudence
devenait un nouveau mérite à mes yeux.

Nos seuls regards, quelques soupirs qu'il avait
soin de me faire entendre, en y joignant l'expression de la tendresse et de la douleur, voilà pourtant les seules relations que nous avions ensemble.

Il me montrait des plumes, du papier, se mettait
à genoux, et je comprenais qu'il me demandait
mon aveu pour m'écrire.

Je refusais ; il paraissait si affligé alors, que je
me repentais de ma rigueur ; mais je ne voyais la
possibilité de recevoir ses lettres, qu'en mettant
quelqu'un dans ma confidence, et cette idée me
faisait frémir ; d'ailleurs, que pouvait-il me dire ?
je devinais son amour, mais recevrais-je cet aveu
d'un jeune homme dont je ne savais ni le nom, ni
l'état, et qui n'avait d'autre recommandation près
de moi, que sa jolie figure et l'attention qu'il me
donnait.

Un matin que j'ouvrais ma fenêtre comme à l'ordinaire, je vis sur là sienne le plus beau rosier;
par son geste et son regard il semblait me l'offrir.

Cela me parut d'abord impossible; mais au bout
d'un moment, une vieille femme portant plusieurs
pots de fleurs, vint proposer à ma mère de les
acheter.

Je reconnus tout de suite le beau rosier, et très
empressé de le placer dans mon cabinet, j'en donnai le prix excessivement modique que la bonne
femme en demandait.

Je l'emportai bien vite; mais je m'aperçus que
la terre était fraîchement remuée; je la découvris
un peu, et je trouvai en effet un petit papier où je
lus ce peu de mots.

» Je vous adore et ne puis vivre sans expérance:
» je ferai tout pour arriver jusqu'à vous; mais je
» meurs si vous blâmez ma témérité ! »

Edouard

Avec quel trouble, quelle agitation je lus ce petit
billet : j'avais bien deviné, sans doute, que le petit
voisin m'aimait; je l'aimais aussi, j'y songeais nuit
et jour; mais jusque-là je me croyais parfaitement
innocente en nourrissant ce sentiment secret.

Quelle jolie écriture, quel style brûlant, certainement je n'aurais pas dû recevoir ce billet; mais
comment le renvoyer, comment exprimer une colère que je ressentais si peu.

Machinalement je portai le billet à mes lèvres,

je le cachai sur mon cœur ; mais il était signé simplement *Édouard;* cela ne m'indiquait guère la condition et l'état de mon adorateur, et, dans cette ignorance, m'était-il permis de l'écouter ?

Je n'osais paraître à ma fenêtre, bien persuadée qu'Édouard attendait une réponse et la demanderait avec cet air touchant qui me faisait tant souffrir.

Combattue par mille sentiments contraires, j'eus le malheur de me rappeler un roman que j'avais lu depuis peu : l'héroïne y avait beaucoup de rapport avec ma situation.

C'était à la promenade qu'elle avait connu le plus charmant jeune homme ; après bien des obstacles et beaucoup d'imprudences, elle avait fini par épouser l'objet de son amour qui l'avait rendue la plus heureuse et la plus riche de toutes les femmes ; le même bonheur ne me semblait pas impossible.

Il ne s'agissait donc plus, pour justifier toutes mes actions, que de savoir si Édouard, par sa naissance et sa fortune, pouvait prétendre à ma main ; si le contraire arrivait malheureusement, j'étais bien décidée à lui défendre de songer à moi ; mais je ne vis plus aucune imprudence dans ce qui pouvait me conduire à ce but honnête et légitime.

Frappée de cette idée qui semblait accorder ma passion et la sagesse, je ne m'inquiétai que du moyen d'interroger Édouard, et de lui faire con-

naître dans quelle vue seulement je pouvais encou-
rager ses vœux.

N'osant me fier à personne, j'imaginai d'écrire
simplement, en gros caractères : *Je ne vous connais pas.*

Édouard, très impatient, ne quittait pas sa croisée, j'appliquai contre un vitrage de la mienne ma
feuille de papier, et ouvrant aussitôt ma fenêtre, je
ne pus pas douter qu'il ne l'eût parfaitement
lue.

Il se mit à chanter :

*Vous l'ordonnez, je me ferai connaître.....*

Et, paraissant d'une joie excessive, il osa m'envoyer au bout de ses doigts le plus charmant
baiser.

Je rougis, mais sans colère, et je conclus de la
joie d'Edouard qu'il n'avait rien à me dire qui ne
lui fût entièrement avantageux.

J'étais loin de me douter de sa candeur, de sa
loyauté ; je me voyais déjà son épouse, et j'envisageais avec transport l'idée d'un hymen qu'un amour
réciproque aurait formé.

Tous les moments qui n'étaient pas aux tendres
rêveries que m'inspirait Edouard étaient consacrés
avec le plus grand zèle à mes études ; j'aimais surtout la musique à laquelle j'avais dû la première
attention de mon petit voisin : je faisais des progrès surprenants ; ma mère était ravie et j'avais
même obtenu d'elle qu'elle ne m'emmenât jamais

le soir lorsqu'elle allait au spectacle ou en
société.

Tant de raison la surprenait; mais elle ne pouvait qu'y applaudir, et me confiait en son absence
aux soins de Gothon, bonne fille de son village,
qui nous servait depuis deux ans, et qui avait conservé jusque-là la plus grande simplicité d'esprit et
de mœurs.

Ma grosse Gothon n'était pas jolie; elle était
fraîche, robuste, et, quoiqu'elle fût fort en état de
faire son ouvrage toute seule, j'observai qu'un des
garçons de l'hôtel ne souffrait pas qu'elle tirât de
l'eau, qu'elle portât du bois.

Enfin, Picard faisait sa cour à sa manière; et
pendant que je soupirais en demoiselle à ma croisée, Gothon suivait à l'écurie Picard qui lui avait
donné bien des choses d'une autre valeur que
mon rosier.

Ce fut donc Picard qui, en vertu de tous ses
droits, leva les scrupules de ma pauvre Gothon;
elle se prêta pour l'amour de lui à favoriser celui
d'Edouard.

Elle lui promit de me remettre sa lettre, d'abord
parce qu'elle était bonne et qu'Edouard était malheureux; mais aussi parce que cette lettre était
accompagnée d'un bon double louis, somme que
la pauvre Gothon n'avait jamais eue en son pouvoir, et qui lui donna bien bonne opinion d'un
jeune homme si généreux.

Pourtant Gothon craignait mes reproches, et

sentait intérieurement que sa complaisance en méritait; ce ne fut donc qu'après avoir éteint ma lumière qu'elle hasarda de glisser une lettre sous mon traversin.

Elle m'enferma comme à l'ordinaire, et cette lettre sous enveloppe formant un assez gros volume, tomba sous ma main au premier mouvement que je fis dans mon lit.

Je devinai à l'instant de qui elle était, comment elle m'était parvenue, et je fus d'abord en colère contre Edouard qui me compromettait aux yeux de ma domestique; mais je finis par avouer qu'ayant exigé de lui qu'il se fit connaître son plus grand crime aurait été de me faire attendre longtemps des aveux auxquels mon bonheur était si intéressé.

Je tenais cette lettre, je la baisais avec passion, je brûlais d'en faire la lecture; mais la cruelle Gothon m'avait emporté la lumière, la nuit était profonde, il fallut, malgré la plus vive impatience, attendre le jour.

Ce fut sans m'être endormie un seul instant : la lettre d'Edouard m'enivrait de volupté et d'amour, mon imagination allait au devant de tout ce qui pouvait la flatter ; enfin, ce froid papier renfermait tout mon bonheur

Le jour paraît, j'ouvre cette lettre excessivement longue, par toutes les protestations d'amour et de fidélité, qui se confondaient avec les autres détails.

Je ne vous dirai donc, Mesdames, que ce qui peut vous paraître essentiel.

Edouard m'écrivait qu'il n'hésitait point à me confier ses plus intimes secrets, quoique la moindre indiscrétion pût compromettre toute son existence. Il m'apprenait qu'il était le fils naturel d'un prince italien, nommé Forfandini ; sa mère qui était une grande dame de la cour de France, devenue libre par la mort de son mari, se flattait de légitimer sa naissance en devenant l'épouse du prince Forfandini, dès qu'il serait de retour à Paris.

En attendant, il lui était absolument défendu de se faire connaître, et il vivait dans un hôtel garni, sous le simple nom d'Edouard ; il avait pourtant été découvert par quelques jeunes seigneurs de son pays, qui avaient le secret de sa naissance.

Dans le cas même où le prince Forfandini n'épouserait pas sa mère, Edouard avait trente mille livres de rente bien assurées, et en présumant encore tous les obstacles imaginables, si j'étais assez fidèle, assez sensible pour attendre sa majorité qu'il atteindrait dans deux ans, il m'épouserait alors, et me conduirait dans le plus beau pays du monde, où nous jouirions de beaucoup de bonheur et de considération.

Voilà ce que m'apprit la lettre d'Edouard.

Rien n'égala mon trouble et ma joie en la lisant : je m'étonnai de ne pas avoir deviné plus tôt la naissance d'Edouard, qui avait une figure si distinguée, une tournure si noble, qui avait si bonne grâce lorsqu'il montait à cheval ; et toutes mes inquiétudes portèrent sur moi-même, qui étant d'une famille honnête, ne pouvais pourtant pas m'attendre à une alliance si distinguée ; je ne prévoyais que cet obstacle à notre union, mais je m'avouais que l'amour pouvait le surmonter, et la vanité donnait une nouvelle force à mes sentiments, j'admirais la destinée qui nous conduit quelquefois bien au delà de nos espérances, je me sentais une façon de penser digne de cette élévation inattendue; enfin l'orgueil acheva de me tourner la tête, et je craignis de rebuter un amant qui devait convenir à bien d'autres qu'à moi.

Ma pauvre Gothon entra chez moi le matin, d'un air bien inquiet, mais je ne pus me résoudre à lui parler encore, et ne témoignai rien ; pourtant, ne trouvant pas ma lettre dans mon lit, elle se douta bien qu'elle était en mon pouvoir, et attendit avec respect que je lui témoignasse plus de confiance ; c'était assez pour lors que je ne lui montrasse point d'humeur.

Je me servis, pour répondre à Edouard, du premier moyen qui m'avait réussi, et j'écrivis sur une feuille de papier :

*Aimez, Espérez, Attendez !*

Edouard lut, mit un genou en terre en signe de soumission, porta sa main sur son cœur, leva ses beaux yeux au ciel.... J'imitai ces deux derniers gestes, et je me crus liée alors par des serments solennels.

Ma mère m'appela, et ce ne fut plus que quelques heures après qu'il me fût possible de retourner dans mon cher cabinet.

Mais quelle fut mon émotion en jetant les yeux sur la chambre d'Edouard : une jeune femme, vêtue assez indécemment, éclatait de rire; elle ouvrit les rideaux de la croisée, qu'Edouard avait fermés, lui fit très haut cent plaisanteries folles, disant qu'il la recevait avec la dignité d'un ministre, le tirant par les cheveux, voulant le faire danser malgré lui, et mille autres extravagances, dont il me sembla qu'Edouard montrait plus d'impatience que d'étonnement.

Révoltée du ton familier qu'une femme osait prendre avec un homme tel qu'Édouard, je fermai brusquement ma fenêtre et ne parus plus; mais, au travers de ma jalousie, qui était baissée, je crus entrevoir des choses plus affligeantes encore.....

La petite folle avait fermé les volets qui se trouvaient en dedans; il me sembla que le plus profond silence régnait autour d'eux.

Je connus pour la première fois alors la plus cruelle, la plus violente de toutes les passions.

J'avais tout lieu de croire que cette petite femme, si libre chez Édouard, était sa maîtresse, et quelle maîtresse encore! Une petite fille bien étourdie, bien jeune, bien fraîche à la vérité, mais dont les manières n'annonçaient aucune éducation.

Le prince Forfandini devait-il s'abaisser à de

semblables liaisons ! Dans mon dépit, je ne me croyais sensible qu'à sa gloire, et je pleurais avec une amertume qui m'était insensible jusqu'alors.

Le lendemain je dis que j'étais malade, je restai couchée tout le jour et ne parus pas à ma fenêtre ; mais Gothon, contre la coutume, me laissa de la lumière le soir et sur ma table de nuit une lettre d'Edouard.

Celle-ci semblait écrite dans un moment d'égarement et de désespoir. Edouard m'avait devinée ; il convenait que toutes les apparences étaient contre lui, et ce n'étaient pas de froides explications par écrit, disait-il, qui pourraient jamais triompher de mes préventions.

Il m'apprenait que Gothon lui était entièrement dévouée ; mais il ajoutait que, ne se croyant pas fait pour qu'une servante se trouvât en tiers entre lui et moi, il me suppliait, à la chute du jour, de lui accorder un seul instant d'entretien dans *son appartement*. Il savait par Gothon que ma mère devait sortir.

Enfin, il demandait cette faveur à son amie, à son amante, à son épouse, et finissait par me dire que *si, à neuf heures du soir,* il ne m'avait pas vue, le bruit d'un pistolet, en venant frapper mon oreille, m'apprendrait que je ne pourrais plus rien pour lui.

Je frémis à cette lecture : la violence de ma jalousie et de mes douleurs venait de m'éclairer

sur la force des passions ; je crus entendre le coup
mortel, voir mon malheureux amant baigné dans
son sang et, ne balançant plus entre une imprudence et un violent danger, je me hâtai, dès que
l'aurore parut, d'écrire sur mon vitrage : *J'irai.*

Edouard joignit ses mains, prit son mouchoir et
je crus voir ses larmes.

A seize ans on croit et on voit tout ce qu'on
souhaite, et l'âge du bonheur n'est sans doute pas
celui de l'illusion.

Je ne me dissimulai pas que ma démarche ne
fût sans doute très blâmable, elle m'inquiéta toute
la journée ; mais l'heure du rendez-vous vint : il
n'était plus possible de différer, sans exposer la
vie d'Edouard.

Je pris un beau négligé, fort galant, quoique
simple, car la coquetterie d'une femme trouve sa
place au milieu de la plus vive agitation ; le cœur
me battait avec violence ; je regardais Gothon en
silence, j'avais honte de ce que j'avais à lui dire ;
mais à l'école de Picard on faisait apparemment des progrès rapides ; car elle me dit la première :

— Ma chère demoiselle, soyez bien tranquille,
Gothon veille à votre sûreté.

Je rougis, serrai la main de Gothon, et me glissant à la faveur d'un petit escalier dérobé, qui
donnait dans celui d'Edouard, je me trouvai à sa
porte.

Il m'attendait ; il me conduisit sur un sopha très

élégant, et voulant établir ma confiance par les
démonstrations de son respect, ce fut d'abord à
mes genoux qu'il me parla.

Tant de modestie me rappelait davantage l'inéga-
lité de son rang et du mien. Je le relevai avec douceur ; il confessa ingénûment que la femme que
j'avais vue avait eu quelques droits sur lui à son
arrivée à Paris, mais qu'ayant cru pouvoir les
réclamer encore, et n'ayant essuyé que des refus,
elle avait deviné qu'il redoutait quelqu'un. dans
l'hôtel ; il l'avait nié dans la crainte de me compromettre, parce qu'elle m'avait vue à la fenêtre, et
c'était alors qu'elle avait eu la malice de fermer les
volets pour se venger au moins, par mon inquiétude, s'il n'était pas sincère, comme elle le soup-
çonnait beaucoup.

Tout cela me parut assez naturel ; mais, après
mille discours passionnés, Edouard osa me dire
que l'engagement qu'il prenait de m'être fidèle exigeait quelque récompense ; il m'observa qu'il était
jeune et d'un pays où les passions, comme les
besoins des sens, étaient indomptables ; affectant
la plus grande franchise, il m'avoua qu'il n'espérait
pas le consentement de sa famille pour m'épouser,
surtout s'il rentrait dans ses droits, qu'alors je le
condamnais donc pour deux ans au célibat, état
déjà bien difficile quand le cœur était froid, mais
tout à fait impossible quand toutes les idées
étaient tournées vers l'amour, et devenaient
comme pour lui, le seul intérêt de la vie.

Ses bras enlacés autour de ma taille me pressaient doucement; je n'avais point à repousser les entreprises hardies d'un amant téméraire et qui se croit sûr du succès.

L'habile Edouard ne me demandait pas de faveurs essentielles; mais les plus légères étaient sans prix pour lui; à la vérité, il en souhaitait beaucoup de toutes celles qu'il prétendait sans conséquences! Ses brûlants désirs se communiquaient à l'aide de ces premières privautés, une faveur en faisait espérer une autre; et dans l'ivresse d'un baiser de feu, je perdis la parole, la pensée, le souvenir de la vertu, de l'avenir et jusqu'au courage de reprocher à Edouard le sacrifice qu'il avait obtenu.

Pourtant, Mesdames, je ne m'aperçus point de ma faute sans honte et sans regrets....; l'amour et la vanité me consolèrent, et je rentrai chez moi, bien sûre d'être un jour la princesse de Forfandini.

Edouard m'avait donné ma faiblesse et nos plaisirs comme le meilleur moyen de prévenir son infidélité; aussi cette soirée ne fut pas la dernière que nous passâmes en tête-à-tête; je l'aimais avec idolâtrie, et c'était, pour lui céder, une excellente raison.

Ma mère ne se doutait de rien; Gothon recevait des présents, vivait avec Picard et ne nous trahissait pas.

Edouard, prévenu par elle des jours où ma mère

allait au spectacle et ne rentrait qu'à minuit, me
dit un soir qu'il me suppliait d'excuser son indiscrétion, mais qu'il n'avait su cacher son bonheur à
ces jeunes seigneurs dont il m'avait parlé, qu'il les
attendait à souper et voulait absolument me présenter comme son épouse à ses compatriotes ;
cette imprudence avait des motifs si flatteurs
d'après lui, qu'après avoir grondé un peu Edouard
de l'engagement qu'il avait pris, je rentrai dans
mon appartement pour faire quelques changements à ma toilette et paraître dans tout mon
avantage aux yeux de ses amis.

Quand je revins chez Edouard, ils étaient arri-
vés, et je n'eus pas de peine, à leur bonne tenue, à
leur tournure aisée et noble, à les juger des personnes de distinction ; trois d'entre eux étaient des
hommes de vingt-cinq à trente ans ; le quatrième
était plus âgé, et m'aborda le premier avec respect
et considération ; il s'étendait beaucoup avec
Edouard sur le bruit que ferait bientôt ma beauté
dans un pays où elle était adorée ; il loua ma
taille, mes yeux ; les jeunes amis enchérirent sur
ses éloges, on me supplia d'ôter mon shall et de ne
point dérober à la vue une gorge qui, d'après ses
contours, paraissait de la plus grande beauté.

Je voulus m'en défendre absolument : Edouard,
que je regardais avec surprise, m'assura que c'était
l'usage dans son pays, et ces Messieurs reprirent
avec vivacité, que le *Prince* savait bien qu'ils
étaient incapables de manquer, en aucune

manière, au respect qu'ils devaient à son épouse.

Edouard eut l'air de me justifier de ma timidité, comme d'une petite gaucherie que ma jeunesse rendait excusable; j'ôtai mon shall en rougissant, et je laissai juger aux amis de mon amant des charmes qui n'avaient jamais été vus que de lui seul, et qui étaient en effet de la plus rare perfection.

Edouard paraissait ivre de vanité et d'amour, j'aurais bien voulu qu'il m'épargnât, en présence de ces Messieurs, mille petites caresses très-libres et qui me rendaient confuse; mais à la faveur des mœurs de l'Italie, tout s'expliquait si naturellement que je n'osai me formaliser de rien ; et sur la fin d'un souper très-délicat, où les meilleurs vins m'avaient fort échauffé la tête, ma gaîté, ma folie, mes désirs, que la présence d'Edouard portait au comble, me rendaient digne d'être placée au nombre des Italiennes que l'amour et le climat animent le plus.

Le temps s'écoulait; Picard, qui n'était pas italien, et qui commençait à s'ennuyer de Gothon, lui laissait tout le sang-froid nécessaire pour nous avertir du moment où il fallait nous séparer : ce fût à regret, mais lorsque ma mère rentra, l'ordre était rétabli, je dormais ou je feignais de dormir.

Le lendemain, ma bonne mère me trouva changée et fatiguée; elle m'assura que je travaillais trop, et qu'un peu de distraction m'était nécessaire elle exigea que je fusse dîner en ville, dans une maison où je trouverais des jeunes personnes de mon âge ; il fallut renoncer à voir Edouard de la journée, comme je l'espérais sans en être certaine : car il prétendait souvent qu'il se rendait en secret le soir chez sa mère, et malgré toute sa tendresse je n'obtenais jamais qu'il manquât à ces rendez-vous, qui avaient lieu plusieurs fois par semaine.

Je sortis de la maison sans le revoir, et je fus à ce dîner sans aucune disposition au plaisir ; un ami de ma mère, frappé de ma mélancolie, nous dit en sortant de table, qu'il avait une loge pour l'Opéra, mais qu'il n'osait nous la proposer, parce que c'était une loge d'avant-scène, plus convenable à un amateur de jolies femmes, qu'à des personnes curieuses du grand spectacle de l'Opéra.

Ma mère qui pensait que cela m'amuserait, accepta de fort bonne grâce, et nous partîmes.

Toutes ces divinités qui m'avaient paru si belles de loin, et que je voyais si humaines de près, faisaient pour moi un coup d'œil tout-à-fait nouveau ; ma vue s'étendait avec curiosité jusqu'au fond des coulisses, quand je vis s'élancer jusqu'au milieu du théâtre le plus joli Zéphir ; frappée de sa légéreté, de ses ailes dorées, je n'avais encore remarqué que cela et ses jolis pieds qui effleuraient à peine la terre ; je jette un regard sur son visage ; une pirouette très-savante l'a conduit jusqu'au bord de ma loge.... En croirai-je mes yeux, Mesdames, c'est Edouard, c'est le prince Forfandini, et dans les autres danseurs qui l'entourent, je reconnais tout de suite ses compatriotes, ces nobles seigneurs de la suite de mön illustre époux !!!

Je pâlis, je frissonne, et comme si la nature voulait que mes forces restassent proportionnées à mon supplice, une petite danseuse, bien vive, bien sémillante, tourne ses yeux sur moi, me reconnaît, part d'un éclat de rire le plus impertinent, et s'approchant du Zéphir, lui dit assez haut, pour que je pusse l'entendre :

— As-tu vu, Milton, ta princesse de l'hôtel du Mail ?

Edouard se trouble, danse mal ; le public qui n'a pas d'indulgence pour ses distractions, le siffle et ajoute à sa confusion comme à la mienne : c'est alors que je ne peux plus vaincre ma douleur ; je m'évanouis ; mais ma mère, fort heureusement, n'a pas compris le propos de la danseuse ; on me conduit à l'air, je reprends mes sens, et j'annonce le plus grand besoin de repos ; mon lit ne me le donne pas, et voici à mon réveil la lettre que je reçus d'Edouard :

« Puisqu'un événement malheureux vous a ôté,
« ma chère maîtresse, des illusions qui vous plai
« saient, vous conviendrez que je me suis montré
« bien modeste, en me faisant connaître pour un
« prince, près de vous. Je passe ma vie au rang
« des dieux, et je suis, par état, trois fois par
« semaine, *élevé* d'un pied ou deux au-dessus de
« tous les mortels.... Toutefois quand je trouve

« des beautés aussi crédules que faciles, je me mets
« à leur niveau, et je les aime tant qu'elles me
« plaisent : vous êtes au nombre des femmes qui
« méritent de fixer longtemps. Si vous êtes assez
« aimable pour ne pas prendre d'humeur de tout
« ceci, vous verrez encore Zéphir caresser Flore,
« et c'est en la cherchant qu'il se retrouvera près
« de vous. »

Edouard Milton, *Italien d'origine*

Cette maligne plaisanterie, dont le mauvais ton
n'était que trop digne de son auteur, mit le comble à mon indignation. J'allai me jeter aux pieds
de ma mère, à laquelle je ne fis que des confidences
très imparfaites ; mais en lui avouant une faible
partie de mon imprudence, je la suppliai de quitter l'hôtel à l'instant : elle approuva ma résolution,
je ne vis plus ni Edouard ni l'Opéra. Je retournai
quelque temps à Nancy, où j'épousai un officier du
régiment du Roy. Monsieur de Murville, que mes
talents avaient charmé, m'obtint en mariage,
m'aima, me rendit heureuse, et ne soupçonna aucunement ma bonne intelligence avec le Zéphir.


FIN DE LA NEUVIÈME SOIRÉE.

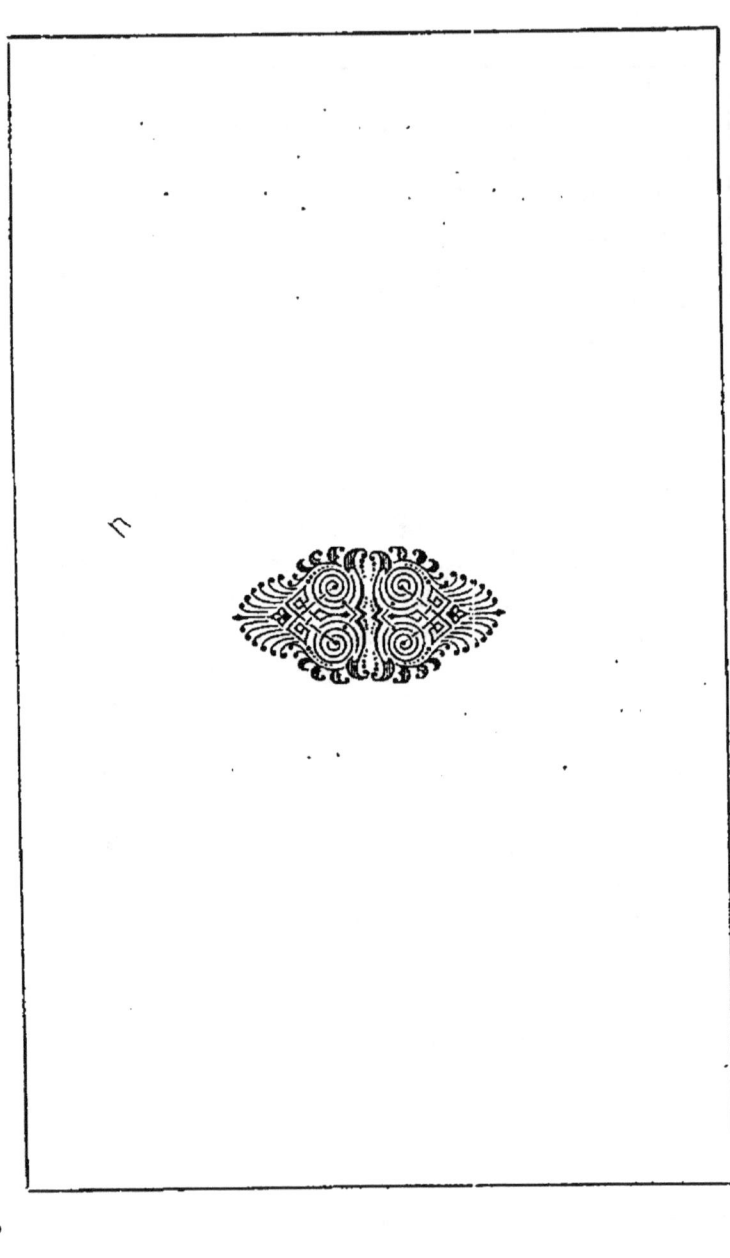

. . . . . . . . . . . . . . . . .
. . . . . . . . . . . . . .

**A**u voleur! au voleur! Jésus, mon Dieu, s'écria Madame Frambourg en ouvrant brusquement la porte et paraissant très effrayée.

— Mon Dieu, ma bonne, expliquez-vous, dit Madame de Marsan; où voyez-vous donc des voleurs?

— Chez Mademoiselle Herminie; il a pris une petite échelle dans le jardin, l'a posée sous sa fenêtre, et il est entré chez elle..... Un frac puce, un pantalon en peau de renne.. .. Le clair de lune est superbe, je l'ai très bien vu et c'est, ma foi, un beau jeune homme.

— Voilà un voleur bien élégant, dit Madame

de Marsan, qui commençait à soupçonner quelque chose ; mais Herminie a crié, sans doute ?

— Je n'ai pas entendu, ajoute Madame Frambourg, mais Mademoiselle Herminie a refermé la fenêtre, et je suis accourue.

Madame Frambourg, quoique femme de charge de la maison, était une femme si simple, qu'il n'entrait pas la moindre malignité dans son récit ; elle s'étonnait que Madame de Marsan ne fût pas plus troublée, et voulait qu'on assemblât les domestiques.

Mais ces dames se regardèrent en souriant, et pensaient que, puisque Mademoiselle Herminie ne demandait pas de secours, il eût été fort imprudent de lui en offrir.

Mademoiselle Herminie était la grande demoiselle au tablier noir, devant laquelle ces dames n'avaient pas osé conter les petits égarements de leur jeunesse.

Celle-ci avait déjà vingt-deux ans pourtant ; mais sa qualité de demoiselle et son grand air de décence avaient donné les présomptions les plus favorables de sa vertu.

— Evitons le scandale, dit Madame de Marsan, mais éclaircissons cette affaire ; et si nous surprenons les coupables, qu'ils en soient quittes pour la peur.

Il fut convenu que Madame Frambourg ne s'éloignerait pas, que la Présidente, dont le bras était robuste, irait, avec deux de ces dames, enlever doucement l'échelle, et que tout le monde se réunirait ensuite dans l'appartement d'Herminie.

Il entrait dans ce projet une assez grande curiosité de voir le petit voleur, un petit désir d'humilier Mademoiselle Herminie, qui avait conservé l'art de rougir à propos, et qui, soutenue par une réputation bien ou mal acquise, faisait quelquefois des sorties assez vigoureuses contre les femmes qui s'étaient tant soit peu écartées de leur devoir.

Il fallut absolument pour tranquilliser cette bonne Frambourg, qui prétendait que sa chère maîtresse s'exposait, que nous nous armassions de quelques vieilles épées que nous trouvâmes dans une des salles du château, très sûres de ne pas en faire usage. Nous lui donnâmes cette satisfaction, et nous nous rendîmes à l'appartement où cette pauvre Herminie ne nous attendait pas.

Madame de Marsan frappa doucement : Herminie ne répondit point, mais nous distinguâmes un mouvement très vif, et qui se dirigeait vers la fenêtre.

— Plus d'échelle ! dit avec trouble une voix altérée, et qui n'était pas celle d'Herminie.

— Ouvrez ! Herminie ! ouvrez ! dit assez impérieusement Madame de Marsan ; je sais que vous êtes là et que vous m'entendez.

Ce ne fut pourtant pas elle, mais le jeune homme, qui vint ouvrir la porte.

Nous entrâmes toutes en même temps, ayant
laissé à la porte nos armes rouillées, qui eussent
rendu fort ridicule une scène que Madame de Marsan pensait à rendre un peu solennelle.

— Mesdames, nous dit avec assez d'assurance
et beaucoup de grâce, le beau voleur, je ne puis
croire, à voir l'aimable tribunal auquel je suis soumis, que j'en doive être traitée avec une excessive
rigueur; laquelle de vous, Mesdames, n'excuse-
rait l'imprudence des passions, en se rappelant
l'amour que sans doute elle a fait naître ; j'invoque
donc mon pardon et vos souvenirs...,

— Monsieur, dit avec dignité Madame de Marsan, cette maison est un asile respectable; et quand
l'oncle de Mademoiselle a bien voulu nous la confier, il a dû croire qu'elle y venait à l'abri, non-
seulement du danger, mais même du soupçon....

— Vous me voyez désespérée, dit Herminie, en
se jetant aux genoux de Madame de Marsan ; je
vous proteste pourtant, Madame, que c'est contre
mon aveu que le chevalier d'Astié est ici. ..

— Je le pense, dit en souriant Madame de Marsan, et c'est sans doute à son bonheur qu'il a dû
de trouver cette fenêtre ouverte, quand il a eu la
témérité de poser cette échelle, que Madame Frambourg a remarquée ?

— O ciel ! dit Herminie, Madame Frambourg !
je vois bien que je suis perdue ! souffrez, Mesdames,
que je vous quitte à l'instant, et que je n'aie pas à
rougir à vos yeux.....

— Non, non, ma chère Herminie, il suffit que Monsieur se retire et soit plus prudent à l'avenir. Le premier devoir d'un homme délicat est de respecter la réputation d'une femme qui lui est chère.

— Ah ! Madame, reprit le chevalier, qu'il me serait doux de réparer mes torts ! Ma chère Herminie doit vous dire quels sont mes vœux.....

— Je pense aussi qu'elle nous le dira, reprit Madame de Marsan, et que ces dames, ainsi que moi, devrons à sa confiance, la double obligation, de garder son secret; pour nous, Monsieur, je me plais à croire que la pureté de vos intentions me permettra de vous donner quelques preuves de mon intérêt.

Le chevalier jeta sur Herminie, le regard le plus tendre, baisa d'un air soumis la main de Madame de Marsan, et regardant toutes ces dames de l'air le plus obligeant, chacune d'elles crut y voir l'hommage discret qu'il n'osait lui adresser; il sortit tout simplement par la porte, à la grande surprise de Madame Frambourg, qui se tenait sur l'escalier, et qui dit tout haut, et fort naïvement :

— Apparemment qu'il n'emporte pas, ce qu'il a pris à Mademoiselle Herminie !

Dès qu'il fut sorti, les larmes d'Herminie éclatèrent, et Madame de Marsan ne voulant se montrer ni trop indulgente, ni trop sévère, éprouvait quelqu'embarras; mais la grosse Présidente, pressée par la curiosité et la brusquerie naturelle de son caractère, alla lever de ses deux mains le visage honteux d'Herminie.

— Eh bien, encore des larmes, grande enfant que vous êtes, cela n'est-il pas bien terrible que nous vous ayons trouvée avec votre amoureux ; il faut l'éprouver, ma petite, vous aurez là un charmant mari, en vérité, et je me prie de la nôce, je vous en avertis.

— Hélas, Madame, reprit Herminie, je n'ose guère me livrer à cet espoir, et si le chevalier s'est introduit ici, ce n'était que pour prendre quelques arrangements, et me soustraire au moins à la colère d'un oncle qui veut absolument m'épouser lui-même.

— Cela ne sera pas, dit la grosse Présidente ; les oncles et les tuteurs ont toujours des prétentions insupportables ! Mais asseyons-nous, Mesdames, et que la petite nous conte tout cela, car j'aime ces histoires à la folie.

Madame de Marsan joignit ses instances à celles de la Présidente, rassura Herminie, non pas pourtant sans lui faire une légère réprimande, qu'elle reçut avec douceur, ce qui disposa doublement à s'intéresser à ses chagrins ; elle commença ainsi :

— Vous auriez tort, Mesdames, d'attendre beaucoup de plaisir de mon récit : ma vie, toujours malheureuse, offre bien peu d'agréments. Je suis restée orpheline dans un âge si tendre, que je ne me rappelle nullement des auteurs de mes jours ; mon oncle, frère aîné de ma mère, me mit dans plusieurs pensions différentes ; la moins coûteuse lui paraissait toujours la meilleure, et j'appris de mes maîtres même combien son avarice le rendait ridicule et peu digne d'être aimé ; mes parents m'avaient pourtant laissé quelque fortune. Cet oncle, qui est aussi mon tuteur, en dispose encore aujourd'hui, et la crainte qu'il m'inspire est si grande que je n'ose faire valoir mes droits.

Pourtant, dès que j'eus atteint l'âge de seize ans et supporté avec courage tous les dégoûts dont on avait entouré mon enfance, mon oncle vint me chercher avec une grande apparence de bonté et d'amitié.

Puisque Madame de Marsan connaît mon oncle, elle peut vous dire combien son extérieur est repoussant ; une taille gigantesque, surmontée d'une si petite tête qu'elle ne paraît point du tout destinée pour son corps, des sourcils épais et rouges, un regard faux, un organe aigre et dur, et trente ans de plus que moi, voilà ce qui me frappait fort désagréablement en voyant mon oncle ; mais, ce qui rendait son commerce plus pénible encore, c'était la fureur qu'il avait de composer des tragédies et de se croire appelé à la plus grande gloire littéraire.

Ce n'était pas assez pour lui de faire des pièces, qui n'obtinrent jamais aucun succès ; il commentait, il corrigeait Racine, Corneille, Voltaire, et soutenait que leur grande réputation ne prouvait que le mauvais goût de son siècle ; aussi, quand je le pressais de me mener au spectacle, il m'objectait non-seulement la dépense qu'il aurait fallu faire, mais le peu de plaisir que je devais prendre à des productions si médiocres ; et, pour me consoler de ses refus, il consacrait la soirée à me lire de ses ouvrages ; pendant cette terrible lecture il était à peine permis de respirer ; s'il m'arrivait de tousser, de me moucher, de sourire ou de bâiller, selon l'impression que j'éprouvais, sa colère était extrême et, quoique je ne fusse plus une enfant, il m'imposait des privations aux heures des repas, qui tournaient toujours au profit de ses économies.

Vous sentez bien, Mesdames, que de tels procédés ne me donnèrent pas le goût des lettres ; j'aurais même voulu ne pas savoir écrire, car j'étais souvent condamnée à transcrire des manuscrits, cela lui épargnait un secrétaire ; mais il fut si mécontent de mes négligences, qu'après avoir employé vingt corrections sans succès, il me dispensa de ce travail.

Il venait pourtant de finir une tragédie qu'il regardait comme un chef-d'œuvre, et pour bien juger de son effet au théâtre, il me fit apprendre le rôle principal, et supplia un de nos parents de prendre celui d'un jeune premier fort amoureux, et qui disait les plus belles choses du monde.

Ce fut le chevalier d'Astié, que vous venez de

voir, Mesdames, qui accepta cet emploi. Nous nous étions déjà vus quelquefois, et je ne puis m'empêcher de croire qu'il ne montrait autant de complaisance envers mon oncle, que dans le désir de se rapprocher de moi.

Quoique ce fut dans les plus mauvais vers du monde qu'il m'adressait les choses les plus passionnées, il les disait avec tant d'âme, il y avait tant de feu, tant de vérité dans son jeu, que mon oncle était charmé et s'attribuait toute la gloire du plaisir que lui faisait goûter l'acteur.

De mon côté, j'étudiais avec zèle, je m'exprimais avec décence et tendresse, et je feignais d'autant mieux le trouble et l'émotion qui convenaient à mon rôle, que le chevalier la faisait véritablement sentir à mon cœur.

Mon oncle imagina, pour ajouter à l'illusion, de louer des costumes très riches, et cette parure sous laquelle il ne m'avait jamais vue, lui fit remarquer le peu d'attraits que j'avais reçus de la nature.

Je ne m'effrayais pas de ses premières caresses, auxquelles l'âge et la parenté semblaient l'autoriser, et je ne les attribuais qu'à la satisfaction que je venais de lui donner ; mais quelle fut ma surprise, un jour que le chevalier n'avait pu venir, de voir mon oncle lui-même, revêtu des habits que le chevalier portait lorsqu'il jouait avec moi, et sous ce costume, qui le rendait plus hideux qu'à l'ordinaire, il osa me déclarer son épouvantable amour.

Vous le dirai-je, Mesdames, le chevalier
m'était déjà cher, et je sentis que si je rebutais mon
oncle, la jalousie l'éclairerait bientôt sur la secrète
intelligence qui s'établissait entre nous, et que je
perdais la possibilité de le voir,

Ce sentiment me donna la force de dissimuler :
je ne le fis point à demi, en traitant Monsieur
Durgons avec beaucoup de douceur : je lui promis
de lui donner ma main dans un an, si je pouvais
m'assurer d'ici là si ses sentiments pour moi
n'étaient pas l'effet de la séduction qu'avait pro-
duite mon nouveau talent ; je dis que je voulais
apprendre et jouer toutes ses pièces ; enfin je lui
parus si sincère et si bien disposée qu'il ne s'éleva
aucun soupçon dans son esprit.

Le chevalier, que j'informai de tout ce qui se
passait, loua ma conduite ; mais ne pouvant se dé-
cider à se séparer de moi, il offrit à mon oncle de
lui servir de secrétaire, en lui payant en outre une
assez bonne pension. Cela fut convenu sans difficulté, et depuis plusieurs mois, le chevalier aussi
amoureux que discret, jouissait du présent sans
beaucoup s'inquiéter de l'avenir, quand il lui
échappa une imprudence qui a détruit notre bonheur.

Mon oncle, qui nous quittait le moins possible,
avait un procès qui allait être jugé incessamment ;
quoique, il n'eût aucune crainte, et qu'il eût la témérité de croire qu'il pouvait plaire au chevalier
même, il l'emmenait le plus souvent au Palais ; le

chevalier ne le refusait jamais, mais il trouva le moyen de lui échapper un jour, en ne se trouvant pas à la maison, au moment où il le savait forcé de sortir.

A peine le fut-il, que mon jeune ami entra, et se trouvant quelque temps seul avec moi, avec une liberté que nous avions bien rarement, il en profita pour me parler de sa tendresse, dans un langage que mon cher oncle ne connaissait guère, et qui, pour être bien moins méthodique que le sien, n'en était pas moins très éloquent. ,

Je ne sais ce que je répondis; mais les entreprises du chevalier m'ayant forcée à lui opposer quelque résistance, mes cheveux se détachèrent et tombèrent en désordre sur mes épaules; l'épais fichu qui couvrait habituellement mon sein, se trouva égaré, ma robe était froissée, et Monsieur Durgons, qui entra brusquement dans l'instant où il était le moins attendu, ne voulut jamais croire qu'aucun des rôles dont il nous avait confié l'étude, exigeât autant de chaleur : étant naturellement brutal, il chassa le chevalier, qui ne pouvait, à son âge, lui proposer aucune réparation ; et sa jalouse fureur l'emportant sur l'amour de la gloire, jamais princesse de tragédie ne fit une chûte plus rude que celle dans laquelle il m'entraîna, en me frappant avec inhumanité ; m'enfermant ensuite dans ma chambre, il reprit son ancienne méthode et je vécus de pain et d'eau pendant un mois.

Mon affliction était bien grande et ma haine encore plus ; je me flattais pourtant qu'il perdrait le désir de m'épouser, et cette pensée me consolait de tout ; mais il me fallut renoncer à cet espoir.

Monsieur Durgons, dont je dépends absolument, vint un matin me dire, qu'il avait rempli son devoir en me punissant sévèrement, mais qu'il ne m'en chérissait pas moins, qu'il voulait même me montrer toute la générosité de son caractère, en me rendant toute ma liberté jusqu'à son retour.

Le père de Monsieur Durgons se mourait et devait laisser beaucoup d'argent comptant, étant aussi avare que son fils ; ce motif puissant le détermina à me quitter pour surveiller la cassette. Ce vieillard, quoique fort riche, était mal logé, et mon oncle ne pouvait, par cette raison, m'emmener avec lui ; il fut donc décidé qu'on s'adresserait à Madame de Marsan (dont mon oncle est un peu parent) et que, si elle voulait bien se charger de moi, je passerais chez elle le temps où il serait forcé d'être éloigné.

J'attendais ce consentement avec la plus vive impatience ; mais, plus je souhaitais de venir ici et moins j'en témoignais le désir ; car l'habitude des mauvais traitements m'a fait contracter celle de la dissimulation. Née sincère et franche, cette contrainte est au nombre de mes plus sensibles déplaisirs, et, quoi qu'il doive arriver de mon sort, Mesdames, j'éprouve un grand soulagement à vous ouvrir mon âme et à vous demander vos consolations et vos conseils.

— Des conseils !... oh mieux, beaucoup mieux que cela, dit avec vivacité Madame de Marsan ; ce n'est pas en vain que nous aurons surpris votre secret ; les lois protégeront votre imprudence, ma chère Herminie, Monsieur Durgons sera obligé de vous rendre compte de votre fortune ; et si ces Dames saisissent mon idée, comme j'en suis certaine, votre bonheur et votre mariage avec le chevalier ne seront point différés longtemps.

— Oui, oui, dit la Présidente, une bonne action est la meilleure réparation de nos petites faiblesses ; nous ferons entre nous la dot d'Herminie, et s'il faut qu'elle plaide avec ce vieux satyre, qui veut être préféré au chevalier, nous ferons tous les frais.....

Herminie, pénétrée de joie et de reconnaissance, nous avoua qu'elle avait écrit au chevalier et lui avait en effet donné rendez-vous à la chute du jour ; elle nous protesta que, quoi qu'il lui fût cher, elle n'avait jamais entièrement cédé à ses désirs, mais que, ne pouvant supporter la pensée d'être unie à Monsieur Durgons, elle s'était flattée qu'il pourrait la faire entrer dans quelque couvent, jusqu'à ce qu'il eût fait valoir ses droits.

Ce plan ayant paru sage, il fut décidé que Madame de Marsan y conduirait Herminie le lendemain même ; et pour mettre le comble à son bonheur, on lui permit d'écrire sur-le-champ à son jeune ami, et de lui mander ce que nous voulions faire pour elle et pour lui.

Herminie embrassa mille fois ces dames et
montra, sans aucune affectation, la joie innocente
et vive que lui donnaient en ce moment l'espérance et l'amour.

Madame de Marsan, encore émue de cette
petite aventure, proposa, en retournant au salon,
de faire du punch et d'attendre ces Messieurs, qui
avaient fait annoncer leur retour pour cette nuit
même. On fit venir la bonne Madame Frambourg,
à qui on recommanda le silence, un peu trop tard,
il est vrai, car elle avait déjà bavardé dans la maison; mais l'indulgence habituelle de Madame de
Marsan se faisait admirer et imiter de tous ceux
qui l'entouraient.

La Présidente, qui avait conservé une grande
prédilection pour les jeunes gens, voulait revoir
le chevalier dès le lendemain, quoiqu'Herminie
nous eût appris qu'il demeurait avec son père à
cinq lieues du château de Madame de Marsan;
elle nous assura que le portrait de Monsieur Durgons était encore au-dessous de la peinture que
sa nièce nous en avait faite, et qu'il était impossible de ne pas le haïr. Il fut donc décidé qu'il
n'épouserait jamais sa jolie nièce.

— En voilà encore un, ajouta Madame de Murville, qui échappe à son étoile, car un semblable
mari était bien sûr d'être.....

— Oui, dit en souriant, Madame de Marsan,
ce que sont beaucoup d'autres, moins haïssables
que celui-là.

— En voilà des bois ! En voilà des bois ! s'écria ce bon Monsieur de Marsan, en présentant à son épouse le plus beau bois qui eut jamais paru dans la province.

La dépouille du pauvre cerf était conduite par la bande joyeuse des chasseurs, qui, crottés, mouillés et harassés de fatigue, n'en étaient pas moins très fiers de leur victoire.

Aucun pressentiment n'éclaira ces Messieurs sur les aveux qui s'étaient faits en leur absence. On servit un repas délicat, le souper fut gai, la nuit fut tendre.....; et avant de se séparer le lendemain, les bois du cerf furent cloués à la porte du chateau.

Qui a beaucoup voyagé, et n'a pas souvent rencontré ces armes-là !

FIN.

## TABLE DES MATIÈRES

Bruxelles. — Imprimerie A. Lefèvre

*SOUS PRESSE*

COLLECTION DE RÉIMPRESSIONS DU XVIIIᵉ SIÈCLE

# Les Bons Contes

·ou

## LES TROIS CENTS LEÇONS DE LAMPSAQUE

Superbe réimpression sur l'édition originale (à Londres 1760) du plus curieux et du plus pantagruélique des Recueils de Contes connus du dix-huitième siècle. Un exemplaire de l'édition originale de Londres vaut aujourd'hui de 500 à 1,000 fr. suivant son état de conservation, et il en existe à peine une dizaine d'exemplaires, appartenant à de riches collections particulières, ou, la plupart du temps, à des Musées.

Le contenu de ce curieux ouvrage se compose de 303 contes égrillards, dont les neuf-dixièmes sont restés inconnus pour les contemporains. — L'éditeur en a entrepris une réimpression dont les bibliophiles lui sauront gré. — Ce livre n'est pas destiné à passer dans toutes les mains, il ne s'adresse qu'aux lettrés et aux érudits. C'est pourquoi le nombre du tirage a été excessivement restreint et ne dépassera en aucun cas 200 exemplaires, qui, par suite, devront se vendre à un prix relativement élevé, ce qui constituera la meilleure garantie que l'ouvrage ne se rencontrera point partout.

Cet ouvrage sera tiré, format petit in-8°, sur papier turkey mill et occupera environ 300 pages. Chaque page sera encadrée en deux couleurs et illustrée d'une lettrine, finement ornée, tirée en rouge sur fond teinté. Le tout sera agrémenté d'une remarquable eau-forte frontispice par un *artiste en renom*.

Le prix de l'exemplaire est fixé à **25 francs**.

Il sera tiré 10 exemplaires sur papier de Japon véritable au prix de **50 francs**.

Une fois le livre paru, s'il reste des exemplaires non souscrits, ce prix pourra être augmenté.

Je cite ces deux strophes au hasard. Elles démontrent que ce n'est pas pour rien que les juges français portent sur l'épaule un fragment d'hermine... qui n'est en réalité qu'un morceau de peau de chat.

Voici de moins beaux vers, assez malpropres, en revanche. Quoi ! cette chanson dont je n'ose pas même reproduire le titre, est de M. Albert de la Fizelière ! Cette *marine*, qui ferait rougir un loup de mer, est signée La Landelle ! Voilons-nous la face.

Mais c'est assez parler des morts. Passons aux vivants, non toutefois sans avoir relu, avec une émotion poignante, les *Antres malsains*, d'Albert Glatigny, cet admirable poème où nul mot grossier ne vient troubler la splendeur de la forme et la pureté de l'inspiration.

Victor Hugo est représenté dans le *Parnasse satyrique* par quelques impromptus sans prétention, dont l'illustre poète se garde bien de rougir, et qu'à l'occasion il répète dans l'intimité.

Tel est ce quatrain sur Louis Veuillot :

> O Veuillot ! plus immonde encore que sinistre,
> Laid à faire avorter une ogresse, vraiment
> Quand on te qualifie et qu'on t'appelle cuistre
> *Istre* eut un ornement.

La collection de ces petites épigrammes est d'ailleurs incomplète. C'est ainsi que je ne trouve pas un quatrain assez vif sur des vers de Mélanie Waldor, que je n'ose citer, ni un autre où il est parlé des jambes des Anglaises qui se promènent sur la jetée par un jour de vent.

Désespérant de découvrir dans les œuvres de Théodore de Banville quoi que ce soit d'inconvenant (comment d'ailleurs la vraie poésie pourrait-elle jamais être inconvenante ?), l'éditeur du *Parnasse satyrique* a eu l'idée, peu logique quant à son plan général, mais que je ne saurais blâmer, de semer çà et là dans les trois volumes quelques-unes des plus belles pièces de l'auteur des *Exilés* et des *Odes funambulesques* : tels des lys dans un champ d'herbes folles ou vénéneuses. Je ne trouve qu'un reproche à faire à ces poésies, la *Jeunesse de Rotschild*, *Chez Bignon*, *Croquemitaine*, etc., c'est que, comme tout poète qui se respecte, je les savais depuis longtemps par cœur. Les moins connues sont les *Embarras de l'Académie*. (Tiens ! Banville n'en est pas encore !)

Encore un condamné, un criminel comme Baudelaire. *An honourable murderer*, a dit Shakespeare. J'estime que la morale publique n'est pas assassinée du tout dans les cinq ou six pièces de la *Chanson des Gueux*, de Jean Richepin, qu'un tribunal pudibond a cru devoir flétrir. Les plus rudes d'accent, *Voyou* et *fils de fille* sont d'un poète et d'un penseur, et dignes de prendre place, ainsi que les vraies œuvres d'art, dans toutes les bibliothèques intelligentes, à côté des *Fleurs du mal*, ou bien de ces admirables pièces de Théophile Gautier, telles que *Musée secret*, qui devaient faire partie de son livre *Émaux et Camées*, et que les scrupules d'un éditeur ont supprimées au dernier moment, il est impossible de s'expliquer pourquoi.

Ernest d'Hervilly figure dans le *Parnasse satyrique* avec des poèmes — sauf un — plus spirituels que licencieux. Je ne vois rien de scabreux ni même d'agressif dans le sonnet humoristique intitulé : *Sur un melon qui m'a trompé*.

J'en dirai autant de Charles Monselet. Ses sonnets gastronomiques sont toujours agréables à relire, mais je ne m'attendais pas à les rencontrer dans une compagnie aussi mêlée. Quant à la parodie des *Djinns*, intitulée les *Créanciers*, je la considère comme un véritable chef-d'œuvre de gaieté, que je voudrais pouvoir citer tout entier.

Puisque ces gaietés anodines ont trouvé place dans ce recueil, je m'étonne de ne pas rencontrer le nom de Paul Arène au bas de quelque fine joyeuseté.

Autre omission : Dumas père. Je vois bien quatre vers absolument vertueux de son fils ; mais à qui fera-t-on croire que le joyeux auteur des *Mousquetaires* n'a jamais écrit de vers grivois ?

Quant à Catulle Mendès, je ne trouve son nom que sous un quatrain honnête, où je ne reconnais pas sa griffe. Il est vrai qu'au bas de la page une note en petits caractères m'apprend que ce quatrain n'est pas du tout de Mendès, mais de des Essarts père.

Précisément des Essarts fils, aujourd'hui grave professeur de Faculté, figure dans le recueil avec son poème *Catulle Mendès en prison* (on sait que l'auteur du *Roi Vierge* est un repris de justice, au même titre que Baudelaire et Richepin).

Je me hâte de dire que, dans ses vers, Emmanuel des Essarts ne se livre à d'autre débauche qu'à une débauche de rimes.

J'en passe, sinon des meilleures, du moins des plus raides.

On voit que le *Parnasse satyrique* est un livre plein de documents curieux, mais composé un peu au hasard. Je voudrais en voir disparaître certaines chansons à la fois ordurières et stupides, ou même purement et simplement stupides, telles que le *P'tit Ébéniste*.

*Coppelio.*

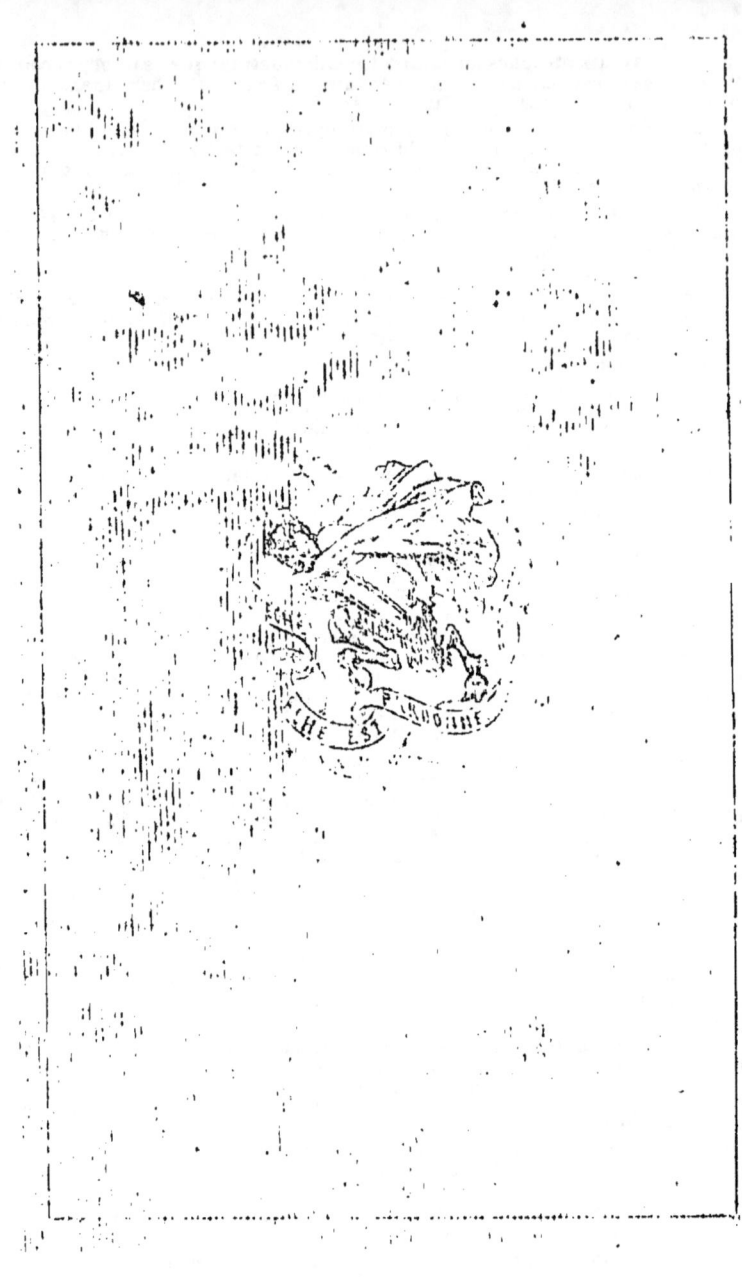

www.ingramcontent.com/pod-product-compliance
Lightning Source LLC
Chambersburg PA
CBHW061502030726
47503CB00005B/1782